俳句で楽しく文語文法

山西雅子

角川選書
365

俳句で楽しく文語文法

目次

第一章　文語を使ってみましょう

I　文語の魅力

文語とは、口語とは

文語とは、文字で書かれ、読み書きに用いる書き言葉（文字言語）のことです。現代語である口語に対して、平安時代中期の古典語を基本として固定した言語の体系をも指します。

口語とは、話に用いる話し言葉（音声言語）です。話し言葉をもとにした書き言葉のことでもあります。広く現代語も指します。

同じ「口語」であっても、話し言葉と書き言葉のありようは異なります。

ケーキセット、選べます？　あっそう。そう……。その、白いの。白い……生クリームですか、それ。それね。

詰まったり繰り返したり言い直したり、音の高低や強弱があったり……。それが話し言葉です。

書き言葉としての口語は、話し言葉の語法をもとに、「です・ます」体、「だ・である」体などに整えた文体によるものです。

書き言葉——文語と口語（文字言語としての口語）
話し言葉——口語（音声言語としての口語）

これが現代、私達が持っている言葉というわけです。

生きている文語

さて、私達が生活の中で実際に接する言葉は、その大半が口語です。一日を振り返ってみてください。出会う言葉のほとんどは口語なのです。
しかしよく思い出すと、文語に接する場面もないわけではないと気付きます。

彼はこの事業をなすにあたって欠くべからざる人物です。
それは、許すまじきことだ。

右のように、思いを強調したいときに文語表現が混じることはよくあります。

好きこそものの上手なれ
ローマは一日にして成らず

などのことわざ・格言も、生活の中に生きている文語の例です。ふくらみを持った内容を簡潔にいうことができるからです。

卯《う》の花の匂ふ垣根に
時鳥《ほととぎす》早も来なきて
忍び音もらす
夏は来ぬ

（佐佐木信綱作詞・小山作之助作曲「夏は来ぬ」）

歌詞の中などにも文語は愛されて生き続けています。

このような例を一つ一つ拾っていくと、圧倒的な量の口語に囲まれて暮らしながらも、私達の中には文語の感覚が宿っているのだと分かります。

俳句を文語で詠《よ》むのは、文語の感覚が下地としてあるからです。きまりだからでもなく、ファッションだからでもありません。文語がいまなお私達の言葉だからなのです。

文語の魅力、口語の魅力

物いへば唇寒し穐《あき》の風　芭《ば》蕉《しよう》

→　物を言うと唇が寒い秋の風

くろがねの秋の風鈴鳴りにけり　飯田《いいだ》蛇笏《だこつ》

　　→　くろがねの秋の風鈴が鳴ったことだなあ

こうして比較すると、文語の美しさやふくらみ・五七五の韻律に乗った響きの良さ・力強さなどが実感されます。

とはいえ、文語の一語一語がただちに胸に落ちるかどうかは、各人の経験によって差があります。幸い、俳句は短い型式の文芸です。古今の優れた作を数多く読むことができます。読むうちに、口語訳をなかだちとせずに感じ取れる文語が増えていきます。詠みつつ読む。そこから、文語の感覚は少しずつ磨かれていきます。

　　囀をこぼさじと抱く大樹かな　　星野　立子
　　→　囀をこぼさないでおこうとして抱く大樹だなあ

これは、文語で簡潔に表現できたことが、口語ではできない例です。俳句という短い型式が豊かな世界を描き出すために、文語は大切な役割を果たしています。

　　中空にとまらんとする落花かな　　中村　汀女《ていじょ》
　　→　中空にとまろうとする落花だなあ

右のように、長さそのものは変わらなくても、口語にするとふくらみが失われる例もあります。

「文語は格調が高い」などと一概にはいえませんが、このような例ではそう実感せざるをえません。

さて、ここまで文語の魅力を考えてきましたが、俳句にとって口語は魅力のないものなのでしょうか。

じゃんけんで負けて螢に生まれたの　池田澄子
たんぽぽのぽぽのあたりが火事ですよ　坪内稔典《としのり》
約束の寒の土筆を煮て下さい　川端茅舎《ぼうしゃ》
短夜や乳ぜり泣く児を須可捨焉乎《すてっちまをか》　竹下しづの女
今生の汗が消えゆくお母さん　古賀まり子
戦争が廊下の奥に立つてゐた　渡辺白泉

これらの句が仮に文語で詠まれていたら、と考えることで、口語ならではの魅力に気付くことができます。まず、前三句からは、囁《ささや》きのせつなさや軽やかで明るい響きが感じられます。話し言葉の口調をいかした句ですので、文語に移し替えることは難しいでしょう。四句目は漢文体の表記に口語体の読みを添えるという珍しいかたちの句です。表記と読みとの差の間に、子供への愛情がしのばせてあり、口語が効果的に使われた例といえましょう。

次に五句目ですが、「今生の汗が消えゆく」までは、書き言葉そのものです。しかし、「お母さん」の部分には、死にゆく母に直接呼びかけるような趣があります。上五《かみ》中七《なか》の書き言葉から、話し言葉の雰囲気を濃厚に漂わせる座五《ざ》への移り変わり。それがこの句の魅力なのです。

六句目の場合は、口語体が、時代に直面した個の直接の表現となって内容を支えています。文語体に置き換えると、この句の魅力は半減するでしょう。

文語で俳句を詠むということ、口語で俳句を詠むということは、それぞれに魅力があり意味のあることです。文語を使いながらも、口語ならではの魅力をも意識していたいものです。それによって、文語の魅力もよりはっきり見えてくることでしょう。

それでは、辞書を片手に文法を学び始めることとしましょう。文語文法の世界へようこそ。

II　歴史的仮名遣い

国語辞典の活用法

問一　次の①〜③を歴史的仮名遣いの平仮名に改めましょう。
①　紫陽花の前に静かに来て座る
②　重陽の川は光を返しつつ
③　大寒や炎に藍の筋走り

答一　①　あぢさゐのまへにしづかにきてすわる
②　ちようやうのかははひかりをかへしつつ
③　だいかんやほのほにあゐのすぢはしり

歴史的仮名遣いの知識は、文語での実作に欠かせないものの一つです。とはいえ、現代仮名遣いとは仮名遣いが異なる語が多く、歴史的仮名遣いに迷うこともあるでしょう。「川《かわ》」は「かは」ですが、「乾《かわ》く」は「かわく」。「重陽《ちょうよう》」は「ちようやう」ですが、「蝶《ちょう》」は「てふ」。「藍《あい》」は「あゐ」ですが、「間《あいだ》」は「あひだ」……。

迷ったときは、こまめに国語辞典を引いて知識を蓄えましょう。単語一つ一つに歴史的仮名遣いが記されている国語辞典が役立ちます。

あじさい【あじさい〔紫陽花あぢさゐ】
ちょう‐よう【重陽：やう】
すわ・る【座る〔×坐る】
だい‐かん【大寒】

（『角川新国語辞典』）

漢字の下に小さく記されているのが、歴史的仮名遣いです。「紫陽花」のように、すべて記される語もありますし、「重陽」のように必要な一部分だけという語もあります。何も記されていない「座る」「大寒」は、現代仮名遣いと歴史的仮名遣いが同じということです。

ただし、国語辞典の中には、和語の歴史的仮名遣いは記すが、字音仮名遣いについては熟語の場合記載しない、という方針をとるものもあります。その場合、右の「重陽」の歴史的仮名遣いは記されませんので注意してください。

単語一つ一つの仮名遣いに加えて、動詞の語尾（活用語尾）の仮名遣いに迷う場合もあります。

そのようなときも、口語形が分かっていれば、国語辞典が役立ちます。たとえば、

一昨《をとゝひ》はあの山越（　）つ花盛り　　去来

右の（　）に補うとすれば「え」「へ」「ゑ」のいずれが適切か、と迷ったときなど、口語形の動詞の下に文語形が記されている国語辞典を使えば、答を得ることができます。

こ・える【越える】自下一　[文語] **こ・ゆ　ヤ下二**　（『角川新国語辞典』）

「[文語] **こ・ゆ　ヤ下二**」は、文語形は「越ゆ」でヤ行下二段活用の意ですから、（　）にはヤ行（ヤイユエヨ）の「え」を補うのが適切と判断できます。

ちなみに、現代仮名遣いで同じく「え」が使われる語である「数える」「植える」については、

かぞ・える【数〈數〉える《かぞへる》】他下一　[文語] **かぞ・ふ　ハ下二**

う・える【植える《うゑる》】他下一　[文語] **う・う　ワ下二**　（『角川新国語辞典』）

文語形は「数《かぞ》ふ」「植う」。助動詞「つ」が接続する際の歴史的仮名遣いは「数へつ」、「植ゑつ」だと判断できます。

口語形から文語形を類推することは一定の法則に従えば可能です（五八・六五ページ参照）ので、それを身につけるのが良いのですが、初学の間は、国語辞典の助けを借りて文語形に親しむのも一

つの方法です。

歴史的仮名遣い

歴史的仮名遣いは平安時代中期以前の表記法を規範としたもの。これが一般に普及したのは明治時代以降です。江戸時代の国学者**契沖**《けいちゅう》の『和字正濫鈔《わじしょうらんしょう》』に多少の補訂を加えたものを、文部省が教科書に採用したことから、広く用いられました。

契沖以前に行われていた仮名遣いとしては、特に和歌にたずさわる人々に重んじられてきた『定《てい》家《か》仮名遣い』（藤原定家による仮名遣い）があります。契沖は、万葉仮名の研究をもとにして仮名遣いを調査し、定家仮名遣いを正したのです。とはいえ、契沖で研究が終わったわけではありません。明治以降も、古文献を使った歴史的仮名遣いの研究は進められ、多くの語の歴史的仮名遣いが明らかにされました。現在でも辞書によって歴史的仮名遣いが異なる語がありますが、それは学問的立場による見解の相違がまだ残る語だということです。

辞書間の相違のみならず、同じ辞書でも記述の改変は認められます。たとえば『広辞苑』の昭和三十年第一版の「つくえ」の項には、「ツクヱ」が採用されています。同じ項を四十四年の第二版で引くと、「ツクヱ」とはされるものの、「歴史的仮名遣ツクヱは疑問。」と注記があります。五十八年の第三版では、「ツクヱ」を退けて「ツクエ」が古形と認められました。それが最新版（第五版）まで踏襲されているのです。辞書の新版が発売されると、新語の登録に目が行きがちですが、研究の成果を反映した記述の変化を見るのも興味深いものです。

現代仮名遣い

現代仮名遣いは昭和二十一年内閣告示「現代かなづかい」に始まりました。その後、**昭和六十一年内閣告示「現代仮名遣い」**となり、現在に至っています。

現代仮名遣いは、歴史的仮名遣いにおける発音と表記との間のずれを正し、現代語の音韻に従って書き表すことを原則としています。しかし、完全な表音主義ではなく、一部では歴史的仮名遣いを受け継いでいます。歴史的仮名遣いの意義を否定するものではないことは、「前書き」の中で「歴史的仮名遣いが、我が国の歴史や文化に深いかかわりをもつものとして、尊重されるべきことは言うまでもない。」と述べられていることからも分かります。

「現代仮名遣い」は、「前書き」「本文」「付表」から成ります。

「前書き」は原則・目的・適用範囲や歴史的仮名遣いとの関係を簡潔に述べたものです。

「本文」は、原則に基づくきまりを示した第1と、表記の慣習による特例を示した第2から成ります。この第2が、助詞の「を」「は」「へ」や、「ぢ」「づ」を用いる語、オ列の仮名に「お」を添えて書く語など、歴史的仮名遣いを受け継ぐ、もしくはその影響を受ける例を示した部分です。

「付表」は、現代仮名遣いと歴史的仮名遣いを、具体例をあげて対照表にしたものです。本書の付録にも収めましたのでご覧ください。

仮名をいかした俳句

どの語を漢字にし、どの語を仮名書きにするかということが一句の鍵《かぎ》となる場合があります。

山又山山桜又山桜　　阿波野青畝《せいほ》

をりとりてはらりとおもきすすきかな　　飯田　蛇笏

右の青畝の句はすべて漢字の例。連なる山々、どこまでも続く山桜が、漢字を連ねることによって、効果的に表現されています。一方、蛇笏の句はすべて平仮名の例。折り取った弾みに揺れるさま、その一瞬の揺れがおさまって描かれるしなやかな弧が、平仮名によって鮮やかに表現されています。

戦艦大和（忌日・四月七日）一句

「大和」よりヨモツヒラサカスミレサク　　川崎　展宏《てんこう》

右の句は片仮名が効果的に使われた例。戦艦大和からの打電を思わせるものです。漢字・平仮名も使われており、それぞれの表記の換えがたさが感じられる例でもあります。俳句のように短い型式の文芸では、表記はことのほか重要な役割を担っています。正しい歴史的仮名遣いを身につけて、仮名の良さをいかしたいものです。それが、漢字の良さをいかすことにもつながります。

次の問いに引いた句はいずれも、平仮名が効果的に使われた例です。（　）内の平仮名は、それぞれの作家が大切な一句のために選び取った表記であることを感じていただけたらと思います。

問二　次の（　）の中から、正しい歴史的仮名遣いを選びましょう。

①百年は死者に（みじかし・みぢかし）柿の花　蘭草《いぐさ》慶子

②秋たつや川瀬に（まじる・まぢる）風の音　飯田蛇笏

③月ほそく出て極月の（にはたずみ・にはたづみ）　長谷川《はせがわ》双魚

④いつよりの恋（かげらふ・かげろふ）の来てひかる　今井豊

⑤寒き夜の遠き（おと・をと）聴く誕生日　仲村青彦

⑥葉櫻の中の無数の空（さはぐ・さわぐ）　篠原《しのはら》梵《ぼん》

⑦うす日焼けして憂鬱な（はだえ・はだへ）かな　岸田稚魚

⑧（くれなひ・くれなゐ）の色を見てゐる寒さかな　細見綾子

答二　①みじかし　②まじる　③にはたづみ　④かげろふ　⑤おと
⑥さわぐ　⑦はだへ　⑧くれなゐ

III　品　詞

品詞

たとえば、次のような句を作ったとしましょう。

貝殻を波間に捨てり春の暮
噴水といふ光るもの零《こぼ》るもの
この道を吾は行かなむ草の花
水鳥の光るを見れば寂しけり

右の波線部は誤りの例ですが、どういう点で誤っているのでしょうか。そして、どう正せばよいのでしょうか。表にしましょう。

誤	誤りと判断できる理由	正
捨てり	下二段活用の動詞「**捨つ**」には助動詞「**り**」は接続しない	捨てつ
零るもの	動詞「**零る**」の終止形に名詞「**もの**」は接続しない	零るるもの

行かなむ	動詞「**行く**」の未然形に接続する助詞「**なむ**」は他者へあつらえ望む意を表すもので、自分自身の行為についての意志を表すものではない	行かむ
寂しけり	形容詞「**寂し**」の終止形に助動詞「**けり**」は接続しない	寂しかりけり

誤りを誤りと判断して正すには、単語に分解するのが大前提だということがお分かりいただけるでしょうか。ある表現を単語に分解すること、それを**品詞分解**といいます。

品詞とは、**単語を文法上の機能に応じて体系的に分類したときの種類のこと**です。自立語か付属語か、活用するかしないか、他の語に対してどのような関係に立つか、の三つを分類基準とするのが一般的です。現在よく使われる品詞名は、**動詞・形容詞・形容動詞・名詞・副詞・連体詞・接続詞・感動詞・助動詞・助詞**の十品詞です。

それでは品詞分類表を見ながら、三つの分類基準についてお話ししていきましょう。

品詞分類表

		活用する	述語となることができる（用言）	ウ段または「り」で終わる	**動詞**
				「し」で終わる	**形容詞**
				「なり」「たり」で終わる	**形容動詞**

単語				品詞
自立語	活用しない	主語となることができる（体言）		**名詞**
自立語	活用しない	主語とならない	修飾語となる／用言を修飾する	**副詞**
自立語	活用しない	主語とならない	修飾語となる／体言を修飾する	**連体詞**
自立語	活用しない	主語とならない	修飾語とならない／文・語を接続する	**接続詞**
自立語	活用しない	主語とならない	修飾語とならない／言い切る	**感動詞**
付属語	活用する			**助動詞**
付属語	活用しない			**助詞**

自立語か、付属語か

単語はまず、その語が単独で文節となれるかどうかという点で、大きく二つに分類されます。文は意味の切れ目で細かく区切ることができますが、文節とはそのようにして区切った最小の単位を言います。読みながら「ネ」を挟むと、文節に区切ることができます。

自立語は単独で文節になることができます。右の品詞分類表の動詞から感動詞までが自立語です。

付属語は、単独で文節になることはできません。表の残りの二つ、助動詞と助詞が付属語です。


それでは次の三句を文節に分けながら、自立語・付属語の判別をしましょう。付属語が必ず他の語に付いて用いられることを確認してください。「／」が文節の切れ目です。

叩か(自)れ(付)て(付)／昼(自)の(付)／蚊(自)を(付)／吐く(自)／木魚(自)哉(付)　夏目漱石《そうせき》
蛙(自)の(付)／目(自)／越え(自)て(付)／漣(自)／又(自)／さゞなみ(自)　川端茅舎
若狭(自)に(付)は(付)／仏(自)／多く(自)て(付)／蒸鰈(自)　森澄雄

活用するか、しないか

自立語・付属語は、活用するかしないかという点によって、更に分類することができます。自立語で活用するものは動詞・形容詞・形容動詞。この三つを**用言**と呼びます。自立語で活用しないものは、名詞・副詞・連体詞・接続詞・感動詞です。付属語で活用するものは助動詞、活用しないものは助詞です。活用する四つの品詞（動詞・形容詞・形容動詞・助動詞）を総称して、**活用語**と呼びます。

次の三句の中の活用語を確認しましょう。

永き(形容詞)／日の／にはとり／柵を／越え(動詞)に(助動詞)けり(助動詞)　芝不器男
はるかなる(形容動詞)／祭囃子に／腰／浮け(動詞)り(助動詞)　能《の》村《むら》登《と》四《し》郎《ろう》
冷さ(動詞)れ(助動詞)て／牛の／貫禄／しづかなり(形容動詞)　秋元不死男

それぞれの活用語の基本形（終止形）・品詞名・活用形は次の表のとおりです。
「越えにけり」の「けり」と「浮けり」の「けり」などみかけが同じものについても、品詞分解すれば、文法的に異なるものであると理解できます。

語	基本形（終止形）	品詞	活用形
永き	永し	形容詞	連体形
越え	越ゆ	動詞	連用形
に	ぬ	助動詞	連用形
けり	けり	助動詞	終止形
はるかなる	はるかなり	形容動詞	連体形
浮け	浮く	動詞	命令形
り	り	助動詞	終止形
冷さ	冷す	動詞	未然形
れ	る	助動詞	連用形
しづかなり	しづかなり	形容動詞	終止形

活用についての詳しい説明は、Ⅳ「活用」の項をご覧ください。

他の語に対してどのような関係に立つか

三つ目の分類基準は、他の語に対しての関係です。これは、「主語となることができる」「述語となることができる」「修飾語となる」その他の関係のことです。

老幹に／いとゞ／雨／しみ／花／ひらく　　皆吉《みなよし》　爽雨《そうう》

（いとゞ：連用修飾語 → しみ：被修飾語）
（雨：主語 → しみ：述語）
（花：主語 → ひらく：述語）

右の句の「いとゞ」は、雨のしみ方がいよいよ甚だしくなる意を表すもの。動詞「しみ」を修飾する連用修飾語です。また、「雨」「花」は、それぞれ「しみ」「ひらく」の主語。「しみ」「ひらく」は、「雨」「花」の述語です。

それでは、以上三つの基準に照らして、右の爽雨の句に使われている単語の品詞名を確認してみましょう。

まず、「いとゞ」は、単独で文節となっており、活用がなく、単独で用言（動詞は用言の一つです）を修飾しています。二四〜二五ページの品詞分類表をたどれば副詞だと分かります。「雨」「花」も同様の道筋をたどって考えると名詞。「しみ」「ひらく」についても、動詞だと分かります。

残った「老幹」「に」ですが、これは、二語で一文節を作っています。「老幹」は、この場合は

「に」をともなっていますが、単独でも文節になれます。活用せず、主語となることができますので、名詞です。「に」は、付属語で活用しない語ですので、助詞です。

このように、文法上の機能に応じて、すべての単語は十品詞のいずれかに分類されます。

Ⅳ 活用

活用

たとえば動詞「書く」の場合は、

書かず／書きたり／書く。／書くとき／書けども／書け。

と変化します。このように、**下に来る語の種類や切れ方などによって、語形が規則的・体系的に変化すること**を活用と呼びます。

活用形

活用によって変化したそれぞれの語形を活用形と呼びます。活用形には、**未然形・連用形・終止形・連体形・已然形・命令形**の六つがあります。この六つは、語尾（活用語尾）のバリエーションが最も多いナ行変格活用の動詞をもとに整理されたものです。

四段活用の動詞「書く」を例にとって、それぞれの活用形の名称の由来を確認しましょう。

活用形	**名称の由来**
未然形	「書かず」「書かば」のように、動作や状態が未だ実現していない**（未《いま》だ然《しか》らざる）**形
連用形	「書き遣《や》る」のように、**用言に連なる**形
終止形	「書く。」のように、**終止する**形
連体形	「書くとき」のように、**体言に連なる**形
已然形	「書けども」「書けば」のように、動作や状態がすでに実現している**（已《すで》に然《しか》る）**形
命令形	「書け。」のように、**命令する**形

それぞれの活用形には、名称の由来となった用法以外にも、さまざまな用法があります。それぞれの代表的な用法は次のとおりです。

活用形	**代表的な用法**	**例**
未然形	助動詞をともなう	「書かす」「書かず」「書かむ」
	助詞をともなう	「書かば」「書かで」「書かばや」
連用形	連用修飾語となって、下の用言を修飾する	「書き遣る」
	文をいったん中止する　（中止法）	「書き、……」
	助動詞をともなう	「書きたり」「書きけり」

	助詞をともなう	「書きて」「書きつつ」
終止形	文を言い切る	「書く。」
	助動詞をともなう	「書くらむ」「書くべし」
	助詞をともなう	「書くとも」「書くな」
連体形	連体修飾語となって、下の体言を修飾する	「書くとき」
	体言に準じて用いる（準体法）	「書く、いとめでたし。」
	係助詞「ぞ・なむ・や・か」を受けて文を結ぶ	「……ぞ書く。」
	疑問の副詞を受けて文を結ぶ	「いかに……書く。」
	文を言い切る（連体形止め）	「書く。」
	助動詞をともなう	「書くなり」「書くごとし」
	助詞をともなう	「書くに」
已然形	係助詞「こそ」を受けて文を結ぶ	「……こそ書け。」
	助詞をともなう	「書けば」「書けども」
命令形	命令の形で文を言い切る	「書け。」
	（四段活用の動詞の場合のみ）助動詞をともなう	「書けり」

終止形といっても常に言い切るというわけではなく、その下に助詞や助動詞をともなう用法もあるのです。次の句の傍線部は、動詞「告ぐ」の終止形に、助動詞「べし」の連体形「べき」が接続した例です。

鰯雲人に告ぐべきことならず　加藤楸邨《しゅうそん》

また、命令形といっても、常に命令の意を持つわけではありません。

美しき緑走れり夏料理　星野立子

右の傍線部は、動詞「走る」の命令形「走れ」に、助動詞「り」が接続した例です。口語訳すれば「走っている」であって、命令の意は持ちません。

語幹と語尾

語幹とは、活用しても変化しない部分。語尾（活用語尾）とは、活用によって変化する部分をいいます。

基本形	語幹	語尾						活用の行と種類
		未然形	連用形	終止形	連体形	已然形	命令形	
書く	書	か	き	く	く	け	け	カ行四段活用
		ズ	**タリ**	**言い切り**	**トキ**	**ドモ**	**命令**	

基本形	語幹	語尾						活用の行と種類
		未然形	連用形	終止形	連体形	已然形	命令形	
見る	(み)	み	み	みる	みる	みれ	みよ	マ行上一段活用
		ズ	**タリ**	**言い切り**	**トキ**	**ドモ**	**命令**	

「書く」では語幹と語尾の区別が明らかですが、「見る」のように区別の難しい語もあります。そのような場合は、活用表の語幹の部分は「(み)」または「(みる)」と書き表します。辞書によっては、○を付けたり空欄にしたりするものもあります。

活用表の左に付けたものは接続する語の主なものなどです。「**ズ、タリ、言い切り、トキ、ドモ、命令**」と覚えておくと便利です。

活用の行

右の「書く」「見る」の活用表でもお分かりのように、文語形の動詞の語尾は、五十音表（巻末付録参照）のある一つの行の中で変化します。これを活用の行と言います。「書く」の場合はカ行、「見る」の場合はマ行です。

「書く」には、連用形に「書いて」という言い方もありますが、これは**音便**《おんびん》（三八ページ参照）です。音便は音便化する前のかたちに戻して（「書いて」→「書きて」）活用形を判別します。「書いて」というからといって、カ行に加えてア行（もしくはヤ行）でも活用するわけではありません。口語形の動詞は二行にまたがって活用することがあります（四九ページ参照）が、文語形の場合、活用が二行にまたがることはありません。

活用の種類

活用の仕方によって分けられた種類が、活用の種類です。

動詞では、文語形で九種類だった活用の種類が、口語形になると五種類にまとまります。その対応は、次のようなものです。

文語形の動詞		**口語形の動詞**
四段活用・下一段活用・ナ行変格活用・ラ行変格活用	→	五　段　活　用

上一段活用・上二段活用 → 上一段活用
下二段活用 → 下一段活用
カ行変格活用 → カ行変格活用
サ行変格活用 → サ行変格活用

とはいえ、すべての語が右の矢印どおりの変化をたどったわけではなく、例外も見られます。それが、文語での実作において、活用に関する誤りが起こる原因の一つともなっています。個々の例については、該当の活用の種類の項でお話しします。

形容詞・形容動詞の場合も、活用の種類は減ります。ともに、文語では二種類だったものが口語では一種類となります。こちらについても、それぞれの品詞の項でお話ししましょう。

已然形と仮定形

基本形	語幹	未然形	連用形	終止形	連体形	仮定形	命令形	活用の行と種類
書く	書	か こ	き	く	く	け	け	カ行五段活用
		ナイ・ウ	マス	言い切り	トキ	バ	命令	

右は、口語形の「書く」の活用表です。**口語には「已然形」という活用形はなく、かわりに「仮定形」があります。**仮定形は已然形のかたちを受け継いでいますが、表す内容は異なります。「書く」を例にとって比較しましょう。

	「ば」を付けたかたち	**確定か、仮定か**	**意味**
文語・已然形の場合	「書けば」	確定、もう書いた	書いたところ・書いたので
口語・仮定形の場合	「書けば」	仮定、まだ書いていない	もし書くなら

已然形＋「ば」は、すでに実現したことを条件とする確定条件の働きを持つものです。ところが、室町時代頃から、まだ実現していないことを条件とする仮定条件の用法が現れました。それが現在の仮定形のもととなったのです。

已然形＋「ば」、未然形＋「ば」

右で見たように、口語の仮定形と文語の已然形はみかけが同じ場合がありますので、注意が必要です。口語の仮定形＋「ば」の「書けば」を使って仮定条件「もし書くなら」の意を表そうとしても、一句全体が文語脈の場合は、文語の已然形＋「ば」だと受け取られ、確定条件「書いたところ」「書いたので」の意と解されてしまいます。（已然形＋「ば」には確定条件の他に、恒常《こうじょう》条件という用法もあります。これについては、一九七ページをご覧ください。）

文語で仮定条件を表したいときは、未然形＋「ば」を使いましょう。「書かば」とすると、「もし書くなら」という意が表せます。

已然形＋「ば」　愁ひつゝ岡にのぼれば花いばら　蕪《ぶ》村《そん》

未然形＋「ば」　この樹登らば鬼女となるべし夕紅葉　三橋　鷹女《たかじょ》

蕪村の句の「のぼれば」は確定条件。「愁いを抱きながら岡に**のぼったところ**、花いばらが咲いていることであるよ」の意で、すでに岡にのぼっているわけです。

鷹女の句の、「登らば」は仮定条件。「この樹を**もし登るなら**、鬼女となるにちがいない。そのような夕紅葉であることよ」の意で、樹にはまだ登っていないのです。

音便

「つきたち→ついたち」「まほしく→まほしう」「死にて→死んで」「立ちて→立つて」のように、**発音しやすいよう、音が変化すること**を、音便と言います。イ音便・ウ音便・撥音便《はつおんびん》・促音便の四種類があります。動詞・形容詞・形容動詞・助動詞・名詞・副詞などに音便が現れます。

次の表の例に掲げたものは、活用語の音便です。

音便	変化する音	例
イ音便	イ音に変化	「注ぎて→注いで」「良きこと→良いこと」
ウ音便	ウ音に変化	「思ひて→思うて」「知りたく→知りたう」
撥音便	撥音（ン音）に変化	「噛みて→噛んで」「良かるなり→良かんなり」
促音便	促音（「ッ」と詰まる音）に変化	「ありて→あつて」「取りて→取つて」

活用語の音便の中で、俳句に最も多く見られるものは、動詞の音便です。四段活用の動詞の音便形が使われた句を掲げましょう。

イ音便　蟇ないて唐招提寺春いづこ　水原秋櫻子
ウ音便　凍蝶の己が魂追うて飛ぶ　高浜虚子
撥音便　大海の端踏んで年惜しみけり　石田勝彦
促音便　翅わつててんたう蟲の飛びいづる　高野素十《すじゆう》

音便を使うか否かによって一句の雰囲気は大きく左右されます。秋櫻子の句では、「ないて」とすることによって、「い」が三度現れることになります。虚子の句の場合も「凍蝶」と「追う」が響いています。素十の句の場合も「わつて」とすることで、この句に多用されるタ行音との響きが良くなりました。

一方、勝彦の句では、仮に音便が使われないとすると、「オオウミノハシフミテトシオシミケリ」。「し」が三度重なる上に同じくイ段の「み」が三度重なってうるさくなります。それが、「フンデ」と音便化されることによって防がれています。また音便が使われることによって清音の助詞「て」が濁音化し、一句の重石となってもいるのです。

主に音の面から考えましたが、いずれも、音便がよく働いている例といえるでしょう。効果的に音便を使用したいものです。

ウ音便に注意

音便に関連した誤りの代表的なものとして、ハ行四段活用の動詞に現れる誤りがあります。たとえば右の虚子の句の中のウ音便「追うて」を「×追ふて」と表記してしまう類《たぐい》のものです。「×思ふて」「×訪ふて」「×添ふて」「×会ふて」などは、よく見られる誤りです。そもそもは「思ひて」「訪ひて」「添ひて」「会ひて」。それがウ音便化して「思うて」「訪うて」「添うて」「会うて」となっているのです。ご注意ください。

第二章　動　詞

I　正格活用と変格活用

自立語で活用があり、動作・作用・存在などを表す語が動詞です。動詞は終止形がウ段（uの段）または「り」で終わります。

動詞は、正格活用の動詞と変格活用の動詞の二つに大きく分けることができます。

正格活用

一定の法則に従って活用するものが、正格活用です。語尾（活用語尾）がa・i・u・e・oのどの段に属するかにより、五種類に分類されています。「上《かみ》」「下《しも》」という表現は、a・i・u・e・oのuを基準としたものです。

a	
i	上《かみ》
↑	
u	
↓	
e	下《しも》
o	

1　四段活用——語尾がa・i・u・eの四段で活用する
2　上一段活用——語尾がiの段だけで活用する

3　上二段活用――語尾がi・uの二段で活用する
4　下一段活用――語尾がeの段だけで活用する
5　下二段活用――語尾がu・eの二段で活用する

変格活用

正格活用の法則から外れるものは変格活用と呼ばれ、四種類に分類されます。段の法則に従わないので、活用する行に従って名称が付けられています。

1　カ行変格活用――カ行で活用する
2　サ行変格活用――サ行で活用する
3　ナ行変格活用――ナ行で活用する
4　ラ行変格活用――ラ行で活用する

すべての動詞はこれら九種類のいずれかに分類されますので、それぞれのパターンを覚えてしまいましょう。

動詞活用表

種類	基本形	語幹	未然形	連用形	終止形	連体形	已然形	命令形
四段活用	書く	か	か a	き i	く u	く u	け e	け e
上一段活用	見る	（み）	み i	み i	みる iru	みる iru	みれ ire	みよ iyo
上二段活用	落つ	落	ち i	ち i	つ u	つる uru	つれ ure	ちよ iyo
下一段活用	蹴る	（け）	け e	け e	ける eru	ける eru	けれ ere	けよ eyo
下二段活用	越ゆ	越	え e	え e	ゆ u	ゆる uru	ゆれ ure	えよ eyo
カ行変格活用	来《く》	（く）	こ	き	く	くる	くれ	こ（こよ）
サ行変格活用	す	（す）	せ	し	す	する	すれ	せよ
ナ行変格活用	死ぬ	死	な	に	ぬ	ぬる	ぬれ	ね
ラ行変格活用	有り	有	ら	り	り	る	れ	れ

活用の種類の見分け方

ある動詞の活用の種類がはっきりしないとき、どうすれば分かるのでしょうか。そのようなときは辞書を引くのがいちばんですが、辞書が手元にない場合は、未然形を利用して知ることもできます。

右ページの動詞活用表の未然形の欄をご覧ください。

未然形の語尾がａの段なら……四段・**ナ変**・**ラ変**
未然形の語尾がｉの段なら……**上一段**・上二段
未然形の語尾がｅの段なら……**下一段**・下二段・**サ変**
未然形の語尾がｏの段なら……**カ変**

右で太字にした六つの活用の種類は、次に示すように、所属する語の数がきわめて少ないのです。

ナ変――「死ぬ」「往《い》ぬ（去《い》ぬ）」の二語
ラ変――「有り」「居《を》り」「侍《はべ》り」「いまそかり（いまそがり・いますがり）」の四語
上一段――「着る」「煮る」「干る」「見る」「顧《かへり》みる」「試みる」「射《い》る」「鋳《い》る」「居《ゐ》る」「率《ゐ》る」「率ゐる」「用ゐる」など十数語

下一段――「蹴る」一語

サ変――「す（及び「す」が付いた複合動詞）」「おはす」

カ変――「来《く》」一語

右に掲げた六種類に相当しなければ、未然形の語尾がア段（aの段）のものは四段活用、イ段（iの段）のものは上二段活用、エ段（eの段）のものは下二段活用だと判別できます。

未然形を知るには、助動詞「ず」を付けるのが簡単な方法です。動詞活用表のそれぞれの動詞に「ず」を付けて、「ず」の上がどう変化するか、確かめてみてください。

II　正格活用

1　四段活用

A　しら露もこぼさぬ萩のうねり哉　　芭　蕉　（未然形）
B　もの言うて唾が出でてさくらかな　　岡井　省二　（連用形）
C　葉櫻の中の無数の空さわぐ　　篠原　梵　（終止形）
D　野ざらしを心に風のしむ身哉　　芭　蕉　（連体形）
E　よろこべばしきりに落つる木の実かな　　富安　風生　（已然形）
F　裸子の尻の青あざまてまてまてまて　　小島　健　（命令形）

〈ポイント〉　Aの「こぼさ」に接続する助動詞「ぬ」は、打消の助動詞「ず」の連体形。完了の助動詞「ぬ」ではない。↓一五七ページ
Bはウ音便の例。ハ行四段活用のウ音便は要注意。↓四〇ページ
Dの「しむ」は口語形では上一段活用が一般的だが、文語形では四段活用である語の例。↓五二ページ

Eは已然形＋「ば」の確定条件の用例。↓三七ページ

〈活用表〉

行	基本形	語幹	未然形	連用形	終止形	連体形	已然形	命令形
カ	書く	書	か	き	く	く	け	け
ガ	さわぐ	さわ	が	ぎ	ぐ	ぐ	げ	げ
サ	こぼす	こぼ	さ	し	す	す	せ	せ
タ	満つ	満	た	ち	つ	つ	て	て
ハ	言ふ	言	は	ひ	ふ	ふ	へ	へ
バ	喜ぶ	喜	ば	び	ぶ	ぶ	べ	べ
マ	しむ	し	ま	み	む	む	め	め
ラ	漏る	漏	ら	り	る	る	れ	れ

四段活用の動詞はカ・ガ・サ・タ・ハ・バ・マ・ラの各行で活用します。連用形にはイ音便・ウ音便・撥音便・促音便が現れることがあります。（三八ページ参照）

〈口語形は五段〉

四段活用の動詞は、現在では大半が五段活用となっています。**現代仮名遣いの採用により、助動詞「う」が接続する際の未然形語尾が、ア段からオ段に変化したため**です。（**例**「書かう」「さわがう」→「書こう」「さわごう」）。

基本形	語幹	未然形	連用形	終止形	連体形	仮定形	命令形	活用の行と種類
書く	書	か こ	き	く	く	け	け	カ行五段活用
		ナイ・ウ	**マス**	**言い切り**	**トキ**	**バ**	**命令**	

現代仮名遣いの採用は、ハ行四段活用の動詞については、ア行とワ行にまたがる活用になるという結果をもたらしました。語尾がワ行となったのに加えて、助動詞「う」が接続する際の未然形語尾は「オ」となった（**例**「言はう」「笑はう」→「言おう」「笑おう」）ため、二つの行にまたがって五段活用するということになったのです。

基本形	語幹	未然形	連用形	終止形	連体形	仮定形	命令形	活用の行と種類
言う	言	わ お	い	う	う	え	え	アワ行五段活用
		ナイ・ウ	**マス**	**言い切り**	**トキ**	**バ**	**命令**	

〈他の活用の種類と誤りやすい語〉

四段活用の動詞の大半は口語では五段活用となっていますが、中にはそうでないものもあります。その場合、耳慣れないため、誤りではないかと誤解されがちなものもあります。

問三　次の（　）の中から、四段活用として正しいかたちのものを選び、活用形を答えましょう。

① 不二ひとつ**（うづめ・うづみ）**のこして若葉哉　　蕪　村

② 秋風や殺すに**（たら・たり）**ぬ人ひとり　　西島　麦南

③ ほとゝぎす大竹藪を**（もる・もるる）**月夜　　芭　蕉

④ 畦を塗る**（生き・生け・生く）**る田螺を塗り込めて　　塩川　雄三

⑤ 閑古鳥故郷に**（満ち・満て・満つ）**る他人の顔　　山田みづえ

答三　①うづみ／連用形　②たら／未然形　③もる／連体形　④生け／命令形　⑤満て／命令形

①「うづみ」は動詞「のこし」に連なるので連用形。②「たら」は助動詞「ず」の連体形「ぬ」が接続しているので未然形。③「もる」は名詞（体言）が接続しているので連体形。④「生け」と

⑤「満て」は、助動詞「り」の連体形「る」が接続しているので命令形と判断できます。それぞれの語の口語形との対照表は次のとおりです。

文語形の基本形	文語形の活用の種類	口語形の基本形	口語形の活用の種類
埋《うづ》む	四段活用	埋《うず》める	下一段活用
足る	四段活用	足りる	上一段活用
漏る	四段活用	漏れる	下一段活用
生く	四段活用	生きる	上一段活用
満つ	四段活用	満ちる	上一段活用

右の動詞は、口語形ではいずれも一段化したかたちが一般的です。が、「埋み火」「一時間足らずで着く」「雨漏り」「生きとし生けるもの」「定員に満たない」などの言葉の中には、四段活用の残存が認められます。

続いて、四段活用の動詞の中で他の活用の種類と取り違えやすい動詞についての問題です。

問四　次の四段活用の動詞の中から、傍線部の活用が誤っているものを選びましょう。
（　）の中は基本形です。

①あまがくるもの（天翔《あまが》る）　②染《し》まず（染《し》む）　③垂りて（垂る）
④忘られて（忘る）　⑤設《しつら》ひて（設《しつら》ふ）　⑥靡《なび》かすとき（靡《なび》かす）

答四　誤りは①のみ　正しくは「あまがけるもの」

①「天翔《あまがけ》る」は「あまがけ」が語幹。ラ行四段活用ですので、語尾は「ら・り・る・る・れ・れ」と活用します。

「×あまがけず」ではなく「あまがけらず」。「×あまがけて」ではなく、「あまがけりて」。カ行下二段活用と混同しないようにしましょう。

②「染まず」の「染む」は四段活用の自動詞で、染みつく・感じ入るなどの意。現在では「染みる」と上一段活用するのが一般的です。

③「垂りて」の「垂る」は四段活用の自動詞で、垂れ下がったり滴ったりする意。〈老の眼にぼたぼたと垂り天の川　松村蒼石《そうせき》〉などがその用例です。何かを垂らしたり滴らせたりする意の「垂る」は他動詞で下二段活用。「て」が付くかたちは「垂れて」です。

④「忘られて」の「忘る」は四段活用。下に接続している「れ」は助動詞「る」の連用形。〈元日や忘られてゐし白兎　飯田龍太《りゅうた》〉などがその用例です。

⑤「設《しつら》ふ」は現在では、「設える」と下一段活用するのが一般的ですが、文語では四段活用です。

現代でも、部屋などを整えることを「設え」とも「設い」ともいいますが、「設い」は四段活用の連用形「設ひ」が名詞化した語が残存しているものです。

⑥「靡かす」はサ行四段活用です。未然形は「靡かさず」連用形は「靡かして」。同じパターンのものは「散らす」「惑はす」「匂はす」「回《めぐ》らす」など多数あります。

ちなみに①は連体形、②は未然形、③は連用形、④は未然形、⑤は連用形、⑥は連体形です。四段活用の活用表に照らしてご確認ください。

他には、「分《わ》く」「飽く」「借る」なども四段活用することを覚えておくと良いでしょう。

しぐるゝや目鼻もわかず火吹竹　　川端　茅舎

庭先の子供は月を見て飽かず　　名取　里美

草《くた》臥《びれ》て宿かる比《ころ》や藤の花　　芭　蕉

2　上一段活用

A　蟻殺すわれを三人の子に見られぬ　　加藤　楸邨　**（未然形）**

B　秋風や柱拭くとき柱見て　　岡本　眸《ひとみ》　**（連用形）**

C　いなびかり北よりすれば北を見る　　橋本多《た》佳《か》子《こ》　**（終止形）**

D　紫と雪間の土を見ることも　　高浜　虚子　**（連体形）**

E　寒鯉を真白しと見ればの藍　　水原秋櫻子　（已然形）

F　手をついて見よとや露の石ぼとけ　　安東次男　（命令形）

〈ポイント〉未然形と連用形は同じ「見」というかたちだが、接続する語によって判別される。

A「見られぬ」の「られ」は助動詞「らる」の連用形。「らる」は四段・ナ変・ラ変以外の動詞の未然形に接続する。↓一二八ページ

B「見て」の「て」は連用形に接続する助詞。↓二〇〇ページ

〈活用表〉

行	基本形	語幹	未然形	連用形	終止形	連体形	已然形	命令形
カ	着る	（き）	き	き	きる	きる	きれ	きよ
ナ	煮る	（に）	に	に	にる	にる	にれ	によ
ハ	干る	（ひ）	ひ	ひ	ひる	ひる	ひれ	ひよ
マ	見る	（み）	み	み	みる	みる	みれ	みよ
ヤ	射る	（い）	い	い	いる	いる	いれ	いよ
ワ	居る	（ゐ）	ゐ	ゐ	ゐる	ゐる	ゐれ	ゐよ

上一段活用の動詞はカ・ナ・ハ・マ・ヤ・ワの各行で活用します。上一段活用の動詞は十数語しかありませんので覚えてしまいましょう。作句のおりに使われそうな語を抜粋しておきます。「ヒイキニミヰる」「キミニイヒヰる」など、語呂《ごろ》合わせで覚えましょう。

ヒ（ハ行）干る
イ（ヤ行）射る
キ（カ行）着る
ニ（ナ行）煮る・似る
ミ（マ行）見る・試みる・顧《かへり》みる
ヰ（ワ行）居《ゐ》る・率《ゐ》る・率ゐる・用ゐる

〈ワ行に注意〉

上一段活用の語は口語でも上一段活用しますので、なじみやすいものです。注意すべきはワ行の仮名遣いくらいでしょう。正しくは「率ゐて」です。「×率いて」「×率ひて」などと誤らないよう注意しましょう。

余談ながら、「試みる」「用ゐる」には、「試む」「用ふ」「用ゆ」などの動詞も後代には生まれます。もちろんこれらの例をもって「試みる」「用ゐる」が上一段活用であることが否定されるものではありません。

3 上二段活用

A 汗の子のつひに詫びざりし眉太く　加藤楸邨（未然形）
B 母老いぬ裸の胸に顔の影　中村草田男《くさたお》（連用形）
C 正月の雪真清水の中に落つ　廣瀬直人（終止形）
D 水漬き枯るる木免れてもみづる木　富安風生（連体形）
E 曼珠沙華瞼閉づれば四十老ゆ　緒方敬《けい》（已然形）
F 起《おき》よ〳〵我が友にせんぬる胡蝶　芭蕉（命令形）

〈**ポイント**〉Bの「ぬ」は完了の助動詞。ヤ行上二段活用の語は「老ゆ」「悔ゆ」「報ゆ」の三語のみ。↓五九ページ
Fは荘周が夢の中で胡蝶《こちよう》となった故事（『荘子《そうじ》』）をふまえた句。「ぬる」はナ行下二段活用の動詞「寝《ぬ》」の連体形。↓六六～六七ページ

〈活用表〉

行	基本形	語幹	未然形	連用形	終止形	連体形	已然形	命令形
カ	起く	起	き	き	く	くる	くれ	きよ
ガ	過ぐ	過	ぎ	ぎ	ぐ	ぐる	ぐれ	ぎよ
タ	落つ	落	ち	ち	つ	つる	つれ	ちよ
ダ	もみづ	もみ	ぢ	ぢ	づ	づる	づれ	ぢよ
ハ	恋ふ	恋	ひ	ひ	ふ	ふる	ふれ	ひよ
バ	詫ぶ	詫	び	び	ぶ	ぶる	ぶれ	びよ
マ	恨む	恨	み	み	む	むる	むれ	みよ
ヤ	老ゆ	老	い	い	ゆ	ゆる	ゆれ	いよ
ラ	懲る	懲	り	り	る	るる	るれ	りよ

上二段活用の動詞は、カ・ガ・タ・ダ・ハ・バ・マ・ヤ・ラの各行で活用します。

上二段活用の場合は、四段活用や上一段活用とは違って、終止形と連体形のかたちが異なります。この終止形と連体形の取り違えはよく見られる誤りの一つです。これは下二段活用にもいえることですので、下二段活用のところでまとめてお話しします。

〈口語形は上一段〉

上二段活用の動詞は、「恋ふ」「恨む」など一部の例外を除いて、口語では上一段活用となっています。（「恋ふ」「恨む」などは口語では五段活用。）

左は「起く」の口語形「起きる」の活用表です。「終止形」以下の部分を文語形の活用表と比較してください。

基本形	語幹	未然形	連用形	終止形	連体形	仮定形	命令形	活用の行と種類
起きる	起	き	き	きる	きる	きれ	きろ	カ行上一段活用

それでは、口語の上一段活用から文語の上二段活用を類推する練習をしましょう。口語形から文語形を知るには、第一章のII「歴史的仮名遣い」の項で紹介した国語辞典の助けを借りる方法がありますが、できれば身に付けてしまいたいものです。

問五　次の口語形の動詞（上一段活用）を文語形に改めましょう。
①浴びる　②朽ちる　③懲りる　④閉じる　⑤老いる

答五　①浴ぶ　②朽つ　③懲る　④閉づ　⑤老ゆ　（すべて上二段活用）

「る」のすぐ上の文字をイ段からウ段に改め、「る」を外せば、口語形を文語形に改めることができます。①〜③は簡単ですが、④⑤は多少注意が必要。④「閉じる」の文語形は「×閉ず」ではなく「閉づ」。活用の行に注意してください。また、⑤「老いる」の文語形は、「×老う」ではなく「老ゆ」。活用表でも分かるように、上二段活用にはア行やワ行で活用する動詞はないのです。活用表は無味乾燥に思えるものかもしれませんが、活用のパターンや活用の行に親しむために、こまめに見ることをおすすめします。

〈ヤ行は「老ゆ」「悔ゆ」「報ゆ」のみ〉

上二段活用のヤ行の語は三語しかありません。「老ゆ」「悔ゆ」「報ゆ」がそれです。連用形語尾は「い」ですので、たとえば助詞「て」を付けたかたちは、「老いて」「悔いて」「報いて」です。これをハ行やワ行と混同して、「×老ひて」「×老ゐて」などと誤らないよう注意しましょう。

母老いぬ裸の胸に顔の影　中村草田男
螢の夜老い放題に老いんとす　飯島　晴子

〈口語形の上一段活用に注意〉

ところで、現在口語形で上一段活用に属する語が、文語形でみな上二段活用だったかというと、もちろん、そうではありません。次は、口語形の上一段活用の動詞のうち、文語形が上二段活用ではない語の例です。

問六　次の口語形の動詞（上一段活用）を文語形に改め、活用の種類を答えましょう。
①見る　②借りる　③率いる　④感じる　⑤飽きる

答六　①見る（上一段活用）　②借る（四段活用）　③率ゐる（上一段活用）
④感ず（サ行変格活用）　⑤飽く（四段活用）

①「見る」③「率ゐる」はもともと上一段活用だった語です。
②「借る」⑤「飽く」は四段活用の項でお話ししたとおり。
④「感ず」はサ行変格活用。語尾は「ぜ・じ・ず・ずる・ずれ・ぜよ」と活用します。文語形のサ行変格活用が、口語形で上一段活用になる例は数多くあります。

〈**「もみづ」に注意**〉
上二段活用の締めくくりとして、俳句で比較的使われることの多い「もみづ（紅葉づ）」のお話をしましょう。「もみづ」と言うと「もみぢ」から作られた後代の俗な表現と思われるかもしれませんが、古い歴史を持つ言葉です。

雪降りて年の暮れぬる時にこそつひにもみぢぬ松も見えけれ

（よみ人しらず『古今和歌集』）

未然形の例。接続している「ぬ」は打消の助動詞「ず」の連体形ですので、「もみぢぬ松」は、「紅葉しない松」の意です。

ものごとに秋ぞかなしきもみぢつゝうつろひゆくを限りとおもへば

（よみ人しらず『古今和歌集』）

連用形の例。「もみぢつゝ」は「紅葉しながら」の意です。

しぐれつゝもみづるよりもことの葉の心の秋に逢ふぞわびしき

（よみ人しらず『古今和歌集』）

連体形の例。体言相当になる準体法の用法で、「紅葉すること」の意です。

この「もみづ」の連用形を「×もみづりぬ。」「×もみづりて」などとする誤りを見ますが、正しくは「もみぢぬ。」「もみぢて」。また、助動詞「り」を付けて「×もみづれり」とする誤りも見られますが、「もみづ」は上二段活用の動詞なので、助動詞「り」は接続しません。

次の「もみづる」も右の歌と同じく、上二段活用の連体形の用例です。

水漬き枯るる木免れてもみづる木　　富安　風生

ちなみに「もみづ」は上代では「もみつ」と清音で使われ、タ行四段活用で活用しました。念のため。

紅葉に関連する表現としては、

紅葉して汝《な》は何といふ水草ぞ　　鷹羽　狩行

のごとく、サ行変格活用の複合動詞「もみぢす」もあります。

4　下一段活用

蹴あげたる鞠のごとくに春の月　　富安　風生　**（連用形）**

〈活用表〉

行	基本形	語幹	未然形	連用形	終止形	連体形	已然形	命令形
カ	蹴《け》る	（け）	け	け	ける	ける	けれ	けよ

下一段活用はカ行の「蹴る」一語しかありません。未然形と連用形は「蹴む」「蹴さす」（以上未然形）、「蹴たり」「蹴けむ」（以上連用形）などとなります。「蹴る」は口語形ではラ行五段活用となっていますので、耳慣れない感じを受ける方もあるでしょう。

「蹴る」の用例は少ないのですが、よく知られたものの一つに、前掲の句があげられます。春の月を蹴鞠《けまり》の鞠に見立てた句です。

試みにこの句の上五を口語体に置き換えると、「蹴りあげた」となります。しかし、

蹴りあげた鞠のごとくに春の月

では、原句の趣が損なわれてしまうのは一目瞭然《りょうぜん》。「春の月」がかもしだす時空の豊かさは蹴鞠のイメージに支えられてのこと。この句は、文語でなければならない句の一つです。

一方、題材によっては、「蹴りあげた」のほうが自然な場合もあります。ラグビー・サッカー等の球技、石蹴り・缶蹴り等の遊びにとどまらず、蹴る動作をともなうものは多くあります。「蹴って」「蹴りながら」「蹴れ。」などという口語体こそがふさわしい場合もあるでしょう。

第一章でも述べたように、文語には文語の、口語には口語の良さがあります。双方の良さをいかしたいものです。なお、現代でも、「蹴落とす」「蹴散らす」「蹴爪」などといいますが、これらは下一段活用「蹴る」が残存している例です。

5 下二段活用

A 金魚手向けん肉屋の鉤に彼奴を吊り　中村草田男　**（未然形）**
B 田一枚植《うゑ》て立去る柳かな　芭蕉　**（連用形）**
C かゝる苦もやがて消ゆべし魂祭　石橋秀野　**（終止形）**
D 勤めては三月夢のきゆるごとし　飯田龍太　**（連体形）**
E 西安を西へ出づれば残暑かな　山田真砂年《まさとし》　**（已然形）**
F 青蚊帳に茂吉論などもう寝ねよ　加藤楸邨　**（命令形）**

〈ポイント〉 Aの「ん」は未然形に接続する助動詞「む」の撥音表記。↓一三九ページ

〈活用表〉

行	**基本形**	**語幹**	**未然形**	**連用形**	**終止形**	**連体形**	**已然形**	**命令形**
ア	得	（う）	え	え	う	うる	うれ	えよ
カ	手向く	手向	け	け	く	くる	くれ	けよ
ガ	告ぐ	告	げ	げ	ぐ	ぐる	ぐれ	げよ
サ	失《う》す	失	せ	せ	す	する	すれ	せよ

ザ	混ず	混	ぜ	ぜ	ず	ずる	ずれ	ぜよ
タ	捨つ	捨	て	て	つ	つる	つれ	てよ
ダ	出《い》づ	出	で	で	づ	づる	づれ	でよ
ナ	寝《い》ぬ	寝	ね	ね	ぬ	ぬる	ぬれ	ねよ
ハ	教ふ	教	へ	へ	ふ	ふる	ふれ	へよ
バ	比ぶ	比	べ	べ	ぶ	ぶる	ぶれ	べよ
マ	眺む	眺	め	め	む	むる	むれ	めよ
ヤ	消ゆ	消	え	え	ゆ	ゆる	ゆれ	えよ
ラ	群る	群	れ	れ	る	るる	るれ	れよ
ワ	植う	植	ゑ	ゑ	う	うる	うれ	ゑよ

下二段活用の動詞の活用の行は、すべての行にわたります。

〈口語形は下一段〉

下二段活用の動詞は、口語形では下一段活用となっています。「手向く」を例にとってみましょう。口語形では「手向ける」となります。

基本形	語幹	未然形	連用形	終止形	連体形	仮定形	命令形	活用の行と種類
手向ける	手向	け	け	ける	ける	けれ	けろ	カ行下一段活用

それでは、口語の下一段活用から文語の下二段活用を類推する練習です。上二段活用の項の問五で行った手順を思い出してください。下一段活用の場合は、「る」のすぐ上がエ段の文字ですので、それをウ段に改めます。

> 問七　次の口語形の動詞（下一段活用）を文語形に改めましょう。
> ①重ねる　②奏《かな》でる　③設《もう》ける　④教える　⑤経《へ》る
>
> 答七　①重ぬ　②奏《かな》づ　③設《まう》く　④教ふ　⑤経《ふ》（すべて下二段活用）

①〜③は基本どおり。④は「×教う」ではなく、「教ふ」。活用の行に注意しましょう。⑤の「**経《ふ》**」**は語幹と語尾の区別のない語**です。同様の語として、「**得《う》**」「**寝《ぬ》**」などがあげられます。実作において、これら一音の終止形で言い切ることはほとんどないかもしれません。が、「べし」など、終止形に接続する助動詞が接続することはありえます。

稲妻のゆたかなる夜も寝べきころ　　　中村　汀女

はその例。「寝べき」は「ぬべき」と読みます。ちなみに、同じ下二段活用の動詞に「寝《い》ぬ」があります。

海彦とふた夜寝ねたり花でいご　　　小林　貴子
青蚊帳に茂吉論などもう寝ねよ　　　加藤　楸邨

の「寝ねたり」は「いねたり」、「寝ねよ」は「いねよ」と読みます。

〈**ア行・ワ行は覚えよう**〉

下二段活用はすべての行が揃っていますので、他の活用の種類に比べて、仮名遣いの混乱が起こりやすいのです。特にア行・ハ行・ヤ行・ワ行の連用形の書き分けには要注意。たとえば、

こころう（心得《こころう》）――ア行下二段活用
教ふ――――――ハ行下二段活用
甘ゆ――――――ヤ行下二段活用
植う――――――ワ行下二段活用

などを、「×こころゑて」「×教ゑて」「×甘へて」「×植えて」などと書き誤っていないでしょうか。
正しくは「こころえて」「教へて」「甘えて」「植ゑて」です。
文語形の下二段活用のうち、**ア行の語は「得《う》」「心得《こころう》」のみ。ワ行の語は「植う」「飢う」「据う」の三語のみ。**これは覚えましょう。

〈連体形と終止形の取り違え〉

上二段活用のところでも簡単に触れましたが、二段活用（上二段活用・下二段活用）では終止形と連体形のかたちが異なります。

こころ燃ゆ夕映え燃ゆる束の間は　　三橋鷹女

「燃ゆ」が終止形、「燃ゆる」が連体形。上五で切れていることが分かります。
切れの他の問題点としては、接続があげられます。

鰯雲人に告ぐべきことならず　　加藤楸邨

この句の「告ぐ」は終止形。「べき（べし）」は終止形接続の助動詞ですので、正しい接続です。
が、たとえば、

×青芒こころを誰に告ぐるべき

は、五七五に納まっていて見逃しそうですが、傍線部が連体形なので誤り。

かゝる苦もやがて消ゆべし魂祭　　石橋　秀野

勤めては三月夢のきゆるごとし　　飯田　龍太

秀野の句の「消ゆべし」は終止形。龍太の句の「きゆるごとし」は連体形。ともに正しい接続です。「ごとし」は連体形接続の助動詞だからです。龍太の句は、座五が六音。これを「×きゆごとし」と「る」を脱落させて五音に納めてしまうと、文法的に誤った表現となってしまいます。

第一章のⅢ「品詞」の項に誤りの例として掲げた次の句、

×噴水といふ光るもの零《こぼ》るもの

は、座五の音数を五音に合わせようとして「零《こぼ》るるもの」の「る」を脱落させてしまった例です。

それでは連体形と終止形の取り違えの例を引いておきましょう。

上二段の誤りの例　「×落つるべし」「×恋ふるらむ」「×過ぐとき」「×侘ぶかな」

「×老ゆごとし」

下二段の誤りの例　「×心得《こころう》るべし」「×越ゆるらむ」「×支ふとき」「×燃ゆかな」

「×捨つごとし」

正しくは、「落つべし」「恋ふらむ」「過ぐるとき」「侘ぶるかな」「老ゆるごとし」「心得《こころう》べし」「越ゆらむ」「支ふるとき」「燃ゆるかな」「捨つるごとし」。

「らむ」は終止形接続の助動詞、「かな」は連体形接続の助詞です。

III　変格活用

1　カ行変格活用

A　少年のけふは来ぬ沼鰯雲　北澤瑞史《みずふみ》　（未然形）
B　あぢさゐに水の色失せ炎暑来ぬ　野澤節子　（連用形）
C　初蝶来何色と問ふ黄と答ふ　高浜虚子　（終止形）
D　来る風のすぢ明らかに清水かな　中村汀女　（連体形）
E　手の薔薇に蜂来れば我王の如し　中村草田男　（已然形）
F　薄紅葉恋人ならば烏帽子で来《こ》　三橋鷹女　（命令形）
G　刈稲を置く音聞きに来よといふ　飯島晴子　（命令形）

〈ポイント〉　Cの「来《く》」は終止形。この句は上五・中七・座五がすべて終止形で終わる珍しい句。
Fの「来《こ》」もGの「来《こ》よ」もともに命令形。

〈活用表〉

行	基本形	語幹	未然形	連用形	終止形	連体形	已然形	命令形
カ	来	(く)	こ	き	く	くる	くれ	こ(こよ)

カ行変格活用の場合は「来」という漢字の読みが「こ・き・く」の三とおりあります。みかけが同じであっても読み方によって意味が違う例を二つお話ししましょう。

〈「来《こ》ぬ」と「来《き》ぬ」〉

少年のけふは来ぬ沼鰯雲　　北澤　瑞史
あぢさゐに水の色失せ炎暑来ぬ　　野澤　節子

表記は同じ「来ぬ」ですが、瑞史の句の読みは「こ」。接続している「ぬ」は打消の助動詞「ず」の連体形で、「来ぬ」は「来ない」の意です。
節子の句の読みは「き」。接続している「ぬ」は完了の助動詞「ぬ」の終止形です。「来ぬ」は「やって来た」の意です。

〈「来《こ》し方」と「来《き》し方」〉

次に「来《こ》し方」と「来《き》し方」です。これは「こ」と読むか、「き」と読むかによって使い分けがありました。「来《こ》し方」は、空間的な把握に基づくもので、通り過ぎてきた方向や経路を表し、「来《き》し方」は、時間的な把握に基づくもので、過ぎてきた時や過去のことを表しました。この使い分けは平安時代中期頃まではっきりしていましたが、その後混同され、さらには、逆転して用いられるようになりました。

〈助動詞「き」のカ変・サ変への接続〉

助動詞が他の語に接続する場合、複数の活用形に接続しないのが原則です。たとえば助動詞「き」の連体形「し」も、四段活用の動詞「書く」に接続する場合は、「書きし人」のように連用形にのみ接続します。「×書かし人」のような接続はありえません。

そう考えると、右の「来《こ》し方」と「来《き》し方」の接続が変則的であることがお分かりいただけるでしょう。

助動詞「き」がカ行変格活用・サ行変格活用に付く場合は、「し」（連体形）のみならず、「き」（終止形）・「しか」（已然形）も変則的な付き方をします。助動詞「き」のカ行変格活用・サ行変格活用への接続は次のとおりです。

	カ変未然形（こ）	カ変連用形（き）	サ変未然形（せ）	サ変連用形（し）
き	×来《こ》き	×来《き》き	×せき	○しき
し	○来《こ》し	○来《き》し	○せし	×しし
しか	○来《こ》しか	○来《き》しか	○せしか	×ししか

〈「く」と「きたる」〉

最後に、「来《く》」とよく似た「来《きた》る」についてです。

手をあげて此世の友は来りけり　三橋　敏雄
おそるべき君等の乳房夏来る　西東　三鬼
白き巨船きたれり春も遠からず　大野　林火

右の「来り」「来る」「きたれ」はいずれもラ行四段活用「来《きた》る」です。（「来り」は連用形、「来る」は終止形、「きたれ」は命令形。）

「きたる」は「来《き》到《いた》る」の変化したかたちだと言われており、「来《く》」とは別の言葉です。現代でも「きたる○月○日、○○ホテルに於いて」などという表現が使われますが、これは「きたる」の連体形が固定化して連体詞となったものです。

2　サ行変格活用

A　古びゆく家薄氷を四方にせり　松村　蒼石　**（未然形）**
B　兜虫摑みて磁気を感じをり　能《の》村《むら》　研三　**（連用形）**
C　風花や魚死すとも目は閉ぢず　鈴木真《ま》砂《さ》女《じょ》　**（終止形）**
D　秋深き隣は何をする人ぞ　芭　蕉　**（連体形）**
E　秋の哀《あはれ》わすれんとすれば初しぐれ　蕪　村　**（已然形）**
F　わが墓を止り木とせよ春の鳥　中村　苑子　**（命令形）**

〈ポイント〉　Aの助動詞「り」はサ行変格活用に接続する場合は、未然形に付く。（四段活用の場合は、命令形に付く。）↓八五・一八三ページ
Cの「死す」は終止形。接続助詞「とも」は、動詞に接続する場合、終止形に付く。（中古末期頃からは連体形にも付く。）↓一九八ページ

〈活用表〉

行	基本形	語幹	未然形	連用形	終止形	連体形	已然形	命令形
サ	す	（す）	せ	し	す	する	すれ	せよ
	愛す	愛	せ	し	す	する	すれ	せよ
ザ	信ず	信	ぜ	じ	ず	ずる	ずれ	ぜよ

基本は「す」ですが、「愛す」「信ず」のごとく複合動詞にもなります。

〈打消の助動詞「ず」が接続する場合〉

「信ず」のようにザ行で活用するものも、サ行変格活用と呼びます。このザ行のサ変動詞の未然形に打消の助動詞「ず」が接続する場合は要注意です。

　我を信ぜず生栗を歯でむきながら　　加藤　楸邨

「ず」は未然形に付きますので、右の句のように「信ぜず」となるのですが、「×信じず」が正しいのではないかと迷う方はないでしょうか。

「信ず」は口語では「信ずる」ないしは「信じる」です。打消の助動詞をともなう場合は「信じない」（「ない」は口語における打消の助動詞）となるのが一般的ですから、ここから、「信ぜ」か「信じ」か？　という迷いが起きがちです。

未然形に接続する助動詞は「ず」の他にもありますので、それらにも注意を払ってください。中でも、過去の助動詞「き」の連体形「し」が接続する場合は誤りが起こりがちです。（七三〜七四・七九〜八〇ページ参照）

ザ行のサ変動詞をいくつかあげておきますので、「ず」を付けてみてください。

ザ行のサ変動詞

「詠ず」　「軽んず」　「感ず」　「吟ず」　「献ず」　「講ず」

「現ず」　「乗ず」　「存ず」　「動ず」　「亡ず」　「論ず」

さて、「ず」が接続する場合の誤りはもっぱらザ行で起こり、サ行ではほとんど起こりません。ただしサ行の中でも、**「愛す」には注意が必要**です。「愛す」の場合、「愛せず」（文語形での正しい活用）は誤っていて、「×愛さず」（「愛さ」は口語形なので文語形の活用としては誤り）が正しいと感じる方もあるかと思われるからです。また、文語形の「愛せず」を口語形と取り違えて、「愛することができない」の意に誤読しないよう、ご注意ください。

ちなみに、「愛す」の口語形は次のように活用します。

愛さない（愛そう）・愛します・愛する（愛す）・愛する人・愛せば・愛せ

よく使われるかたちをあげただけですので、実際にはまだバリエーションがあるでしょうが、右にあげただけでも、五段活用とサ行変格活用が混在しています。文語形のサ行変格活用の動詞は、口語形では、語によって、サ行変格活用・上一段活用・五段活用など、さまざまに変化します。

てつせんのほか蔓ものを愛さずに　　安東　次男

右の句では、句意などから醸し出される全体の雰囲気の中で、口語形が効果的に使われています。同時に、先に触れたような誤読のおそれ（文語形の「愛せず」が「愛することができない」の意に誤読されるおそれ）もなくなっています。

余談ですが、「愛す」の使われた句として、

二もとのむめに遅速を愛すかな　　蕪　村

がありますが、この句の座五は「愛するかな」とするのが適切。「かな」は動詞に接続する場合、連体形に付くからです。**二段活用に見られる連体形と終止形の取り違えは、サ行変格活用の動詞でも要注意**です。「×風死すところ」などもよく見られる誤りの例。正しくは「風死するところ」です。

〈「し」が接続する場合〉

さて、さきほど簡単に触れた過去の助動詞「き」の連体形「し」が接続する場合に起こりがちな誤りについてです。この誤りは、サ行四段活用・サ行下二段活用・サ行変格活用の混同によって起こるものです。まず、サ行四段活用によく起こる誤りからお話ししましょう。

『俳諧文法概論』には、「き」の項に次の用例を引いて、

石山や行かで果せし秋の風　羽紅
家内して覗からせし接木かな　太祇

「之《これ》はサ行四段活用の動詞から來たのであるから正しくは『はたしし』『からしし』といふべきものである。」と解説されています。「はたしし」「からしし」が「×はたせし」「×からせし」となるのは、サ行変格活用及びサ行下二段活用の接続にひきずられてのことでしょう。

ちなみに、『俳諧文法概論』は、著者が山田孝雄《よしお》。昭和三十一年初版。芭蕉を中心として採録された例句が数多くかつ精緻《せいち》で、実作者にとって学ぶところの多い書物です。

「し」の接続の仕方は次のとおりです。

接続する活用の種類	どの活用形に接続するか	何という文字に接続するか
サ行四段活用	連用形に付く	し
サ行下二段活用	連用形に付く	せ
サ行変格活用	未然形に付く	せ

サ行四段活用、サ行下二段活用、サ行変格活用は、混同されがちなものでもありますので、弁別しつつ、「し」を付ける練習をしましょう。

問八　次の動詞はそれぞれ、サ行四段活用、サ行下二段活用、サ行変格活用のどれでしょうか。また、過去の助動詞「き」の連体形「し」を接続させるとどうなるでしょうか。

①散らす　②念ず　③馳《は》す　④過ぐす　⑤回《めぐ》らす　⑥任す
⑦減《げん》ず　⑧宿《やど》す　⑨申す　⑩こぼす

答八　①サ四／散らしし　②サ変／念ぜし　③サ下二／馳せし
④サ四／過ぐしし　⑤サ四／回らしし　⑥サ下二／任せし
⑦サ変／減ぜし　⑧サ四／宿しし　⑨サ四／申しし
⑩サ四／こぼしし

〈「おはす」はサ変？〉

文法書によってサ行変格活用に入っていたりいなかったりとまちまちなのが「おはす」です。下二段説や四段説などがありますが、現在ではサ変説が採用されることが多くなっています。

3　ナ行変格活用

A　なつやせや死なでさらへる鏡山　　　飯田　蛇笏　**（未然形）**
B　卯月八日死ンで生るゝ子は仏　　　　蕪　村　**（連用形）**
C　燕去ぬ浮桟橋のひたひたと　　　　　大島　雄作　**（終止形）**
D　夏雲むるるこの峡中に死ぬるかな　　飯田　蛇笏　**（連体形）**
E　いね〳〵と人にいはれつ年の暮　　　路　通　**（命令形）**
F　露寒や死ねと囁く夜の汐　　　　　　鈴木真砂女　**（命令形）**

〈ポイント〉　Aの「で」は打消接続の接続助詞。Bの「で」は、「死に」が撥音便《はつおんびん》「死ん」となるのにともなって順接の助詞「て」が濁音化したもの。→二〇〇ページ

〈活用表〉

行	基本形	語幹	未然形	連用形	終止形	連体形	已然形	命令形
ナ	死ぬ	死	な	に	ぬ	ぬる	ぬれ	ね

ナ行変格活用の動詞は「死ぬ」と「往《い》ぬ（去《い》ぬ）」の二語しかありません。連用形には撥音便（「に」→「ん」）が現れることがあります。

ナ行変格活用の動詞で注意すべきは、「×往ぬ日」や「×去ぬ燕《つばめ》」のごとく、連体形で「る」が脱落する誤りです。二段活用で見られた連体形と終止形の取り違えはナ行変格活用においても要注意です。

〈助動詞「ぬ」は「往ぬ（去ぬ）」から〉

助動詞「ぬ」の語源は、動詞「往ぬ（去ぬ）」だと言われています。

「ぬ」はナ行変格活用と同じ活用をする唯一の助動詞ですし、鎌倉時代より前は、ナ行変格活用の動詞の下には接続しないのが普通でした。また、用法も「往ぬ（去ぬ）」の語意と連動する部分があると言われています。

このような例からは、動詞を学ぶことと他の品詞を学ぶこととのつながりが実感できるでしょう。文法を学ぶと言えば助動詞を学ぶことだと思われがちですが、助動詞に到る過程で、同じ活用語である動詞・形容詞・形容動詞をじっくり学ぶことが大切なのです。

巻末付録の助動詞活用表をご覧ください。活用の型の欄には、「四段型」「下二段型」「ラ変型」「形容詞シク活用型」「形容動詞ナリ活用型」などと書かれています。活用の型一つとっても、動詞・形容詞・形容動詞と、助動詞とは密接に結ばれているのです。

4　ラ行変格活用

A	寂光といふあらば見せよ曼珠沙華	細見　綾子	（未然形）
B	鏡ありて母ふたりゐる暮雪かな	八田　木枯	（連用形）
C	明日《あす》ありやあり外套のボロちぎる	秋元不死男	（終止形）
D	山と水花と鳥ある屛風かな	後藤　夜半《やはん》	（連体形）
E	あえかなる薔薇撰りをれば春の雷	石田　波郷	（已然形）
F	落葉踏む今日の明るさ明日もあれ	水原秋櫻子	（命令形）

〈ポイント〉　Cの「あり」はともに終止形。この句は、〈明日ありや／あり／外套のボロちぎる〉と切れるもので、自問自答のかたち。係助詞「や」は文末に付く場合、終止形に接続する。↓二〇六ページ

Eの「をり」は、「存在する」「座っている」という意味の語だが、この例のように、

他の動詞の連用形の下に付いて、動作・状態の継続を表すために使われることがある。

〈活用表〉

行	基本形	語幹	未然形	連用形	終止形	連体形	已然形	命令形
ラ	有り	有	ら	り	り	る	れ	れ

ラ行変格活用の動詞は「有り」「居《を》り」「侍《はべ》り」「いまそかり（いまそがり・いますがり）」の四語です。俳句で使われることの多いのは「有り」と「居《を》り」でしょう。連用形には促音便（「り」→「つ」）が、連体形には撥音便（「る」→「ん」）が現れることがあります。

〈「あり」から作られた助動詞など〉

ナ行変格活用の項で「往ぬ（去ぬ）」と助動詞「ぬ」との関係に触れましたが、ラ行変格活用の「あり」もいくつかの助動詞と関係があります。

連用形＋「あり」——→完了の助動詞「り」
「て」＋「あり」——→完了の助動詞「たり」

「に」＋「あり」――→断定の助動詞「なり」
「音《ね》」＋「あり」――→伝聞・推定の助動詞「なり」
「見」＋「あり」（「見え」＋「あり」とも）――→推量の助動詞「めり」
「き」＋「あり」――→過去の助動詞「けり」
「ず」＋「あり」――→打消の助動詞「ず」の補助活用「ざり」

他にも、形容動詞（**例**「堂々と」＋「あり」→「堂々たり」）を作ったり、形容詞連用形に付いて、補助活用である「カリ活用」を作ったりというように、「あり」は他の品詞に属する多くの語の基礎となっています。右の助動詞のうち、連用形＋「あり」によって作られた助動詞「り」について、次にお話しします。

〈「り」の接続が変則的なわけ〉

完了の助動詞「り」が、四段活用の命令形（一説には已然形）とサ行変格活用の未然形に付くことは、これまでにお話ししましたが（七五ページ）、この接続の仕方は、他の助動詞から見ると、きわめて変則的です。

そもそも助動詞を接続の仕方で分類すると、未然形・連用形・終止形に接続するものが大半で、それに体言・連体形に付くものが少し加わる、というかたちになっています。また一つの助動詞は決まった一つの活用形に付くのが原則です。

この二点から考えると、「り」の接続の仕方がいかに変則的かがお分かりになるでしょう。これは、**連用形＋「あり」**→**「り」**という「り」の成り立ちに由来することなのです。

四段活用に付く場合　「行き」＋「あり」→「行けり」
サ行変格活用に付く場合　「し」＋「あり」→「せり」

「＋」の前後の母音に注目すれば、ともに「i」＋「a」→「e」というかたちであることが分かります。上代には二つの母音が連続することは避けられ、一つの母音に変化するのが原則でしたので、連用形＋「あり」が転じて、助動詞「り」が発生したのです。

四段活用に付く場合は命令形に付き、サ行変格活用に付く場合は未然形に付くと言うのは、「り」の上の部分が、それぞれ命令形と未然形にかたちの上で一致するためそう分類されている、ということなのです。

ところで四段活用では、命令形と已然形にはかたちの上での区別がありません。しかし、「り」は命令形接続とする説が有力です。そのわけは、「り」の項でお話ししましょう。

これで動詞の九つの活用の種類すべてについてお話が終わりました。最後に二点簡単に付け加え、動詞の項を締めくくりましょう。

〈補助動詞とは〉

箱を出て初雛のまゝ照りたまふ　　渡辺　水巴《すいは》
春眠の覚めつゝありて雨の音　　星野　立子

右の句をご覧ください。この「たまふ」「あり」は本来の意味（本動詞《ほんどうし》としての意味）を持たず、助動詞のように、文の叙述を助ける役割をしています。
このような用法を、補助動詞としての用法と呼びます。

〈自動詞・他動詞とは〉

自動詞は他に働きかける対象がなく、それ自身の動作・作用を示す語。それに対して他動詞は、他に働きかける語であり、いわゆる目的語（目的語は格助詞「を」を添えて表す）を必要とする語、というのが、自動詞・他動詞の一般的な説明でしょう。
ところが、『岩波古語辞典』等、辞書によっては自動詞・他動詞の記載をしないものもあります。
欧米語のように動詞を自動詞と他動詞とに判然と区別することは、日本語の場合には無理があるので、一つ一つの語についてその区別を示すことはしなかった。

（『岩波古語辞典』凡例）

右で指摘されているように、日本語における自動詞と他動詞の区別は必ずしも明確ではありません。たとえば、次のような場合です。

あめつちをながるる鷹の眼《まなこ》かな　柚木《ゆき》紀子《のりこ》

匙を見て母が口開く木の芽寒　岡本高明

分別するとすれば、紀子の句の傍線部は自動詞、高明の句の傍線部は他動詞なのですが、いずれも「を」が添えられています。「を」が添えられるか添えられないかは、自動詞か他動詞かの確たる指標とはなりません。

加えて、欧米語では受動態となる動詞は他動詞に限られますが、日本語では、「子に泣かる」のごとく自動詞にも受身の表現があり、欧米語とは異なったさまを示しています。

右のように、日本語における自動詞・他動詞の区別は難しいものですが、実作にあたって、さほどさまたげにはならないでしょう。一句の中の語をどのような働きで使いたいかは、作者自身がよく分かっていることだからです。

《整理問題Ⅰ・基礎編》

問一　動詞の活用の種類をすべて答えましょう。

問二　次の口語形の動詞を文語形に直しましょう。

①持つ　②煮る　③過ぎる　④蹴る　⑤助ける　⑥捨てる　⑦越える
⑧生きる　⑨恥じる　⑩着る　⑪する　⑫来る　⑬死ぬ　⑭有る
⑮感じる

問三　次の文章の空欄に適切な語句を入れましょう。

ヤ行上二段活用は「①」「②」「③」三語のみ。
ワ行下二段活用は「④」「⑤」「⑥」三語のみ。
「死ぬ」はナ行変格活用。「死す」は⑦。
「見る」はマ行上一段活用。「見ゆ」は⑧。
「居《を》り」はラ行変格活用。「居《ゐ》る」は⑨。
「来《く》」はカ行変格活用。「来《きた》る」は⑩。

問四　i　助動詞「り」が接続する活用の種類を答えましょう。

ii　次の①〜⑧のうち「り」の用法として誤っているものの番号をすべて答えましょう。

①死ねり　②居《を》れり　③失《う》せり　④せり　⑤泣けり　⑥生けり　⑦見れり

⑧散らせり

《整理問題Ⅰ・応用編》

問　次の（　）の中の文字の正しいほうを選びましょう。（歌はいずれも百人一首のものです。）

① 名にし負**（へ・は）**ば逢坂山のさねかづら人に知られでくるよしもがな　藤原定方《ふじわらのさだかた》

② なが ら**（へ・は）**ばまたこのごろやしのばれむ憂しと見し世ぞ今は恋しき　藤原清輔《きよすけ》

③ 心あてに折らばや折らむ初霜の置きまどは**（す・せ）**る白菊の花　凡河内躬恒《おおしこうちのみつね》

④ 小倉山峰のもみぢ葉心あらば今ひとたびのみゆき待**（ち・た）**なむ　藤原忠平《ただひら》

⑤ やすら**（は・ひ・い）**で寝なましものを小夜更けて傾くまでの月を見しかな　赤染衛《あかぞめえ》門《もん》

⑥ あはれともいふべき人は思ほ**（は・へ・え）**で身のいたづらになりぬべきかな　藤原伊尹《これただ》

《基礎編の解答》

答一　四段活用・上一段活用・上二段活用・下一段活用・下二段活用・カ行変格活用・サ行変格活用・ナ行変格活用・ラ行変格活用（それぞれの活用のパターンも暗唱しましょう。）

答二　①持つ　②煮る　③過ぐ　④蹴る　⑤助く　⑥捨つ　⑦越ゆ　⑧生く　⑨恥づ　⑩着る

⑪す　⑫来《く》　⑬死ぬ　⑭有り　⑮感ず　（それぞれの活用の行と種類も考えましょう。）

答三　①②③老ゆ・悔ゆ・報ゆ（①②③は順不同）　④⑤⑥植う・飢う・据う（④⑤⑥は順不同）
⑦サ行変格活用　⑧ヤ行下二段活用　⑨ワ行上一段活用　⑩ラ行四段活用

答四　i　四段活用・サ行変格活用　ii　①②③⑦

《応用編の解答と解説》

答　①は　②へ　③せ　④た　⑤は　⑥え

〈解説〉

①②はハ四とハ下二の判別問題です。

①「負はば」はハ四「負ふ」の未然形＋「ば」。「負っているなら」の意。

②「ながらへば」はハ下二「ながらふ」の未然形＋「ば」。「生きながらえるなら」の意。

③はサ下二とサ四の判別問題です。

「置きまどはせる」はサ四「置きまどはす」の命令形＋助動詞「り」の連体形。「置きまどはす」を下二と誤ると、「×置きまどはする」という誤答につながります。

④は未然形に接続する「なむ」と連用形に接続する「なむ」の判別問題です。

「待たなむ」はタ四「待つ」の未然形＋「なむ」。この「なむ」は他者（この場合はもみぢ葉）へあつらえ望む意を表す終助詞で、未然形に接続します。連用形に接続する「なむ」は助詞ではなく、「な」と「む」の二つの助動詞から成るものです。表す意味も異なりますので注意しましょう。(二一四〜二一七ページ参照)

⑤⑥は動詞の混同に関する問題です。

⑤「やすらはで」はハ四「やすらふ」の未然形＋助詞「で」。

⑥「思ほえで」はヤ下二「思ほゆ」の未然形＋助詞「で」。

⑤⑥の「で」はともに打消接続を表す接続助詞で、未然形に接続します。⑤を「やすらぐ」、⑥を「思ふ」と混同しないよう、注意しましょう。⑤「やすらふ」は「ためらう」という意ですので、「やすらはで」は「ためらわずに」という意となります。

第三章　形容詞・形容動詞

A　滴りの一点の黒深からむ　森岡正作　（未然形）
B　寒うして眼が二つある不思議かな　瀧澤《たきざわ》和治《かずはる》　（連用形）
C　雪はしづかにゆたかにはやし屍室　石田波郷　（終止形）
D　かろき子は月にあづけむ肩車　石寒太　（連体形）
E　秋待つはさびしけれども鶏頭植う　細見綾子　（已然形）
F　南《な》もほとけ艸のうてなも涼しかれ　芭蕉　（命令形）
G　咳の子のなぞなぞあそびきりもなや　中村汀女　（語幹用法）

〈ポイント〉　Bはウ音便の例。
Eは已然形の例。「×さびしかれども」と誤らぬよう注意。→一〇一ページ
Fは、「文鱗《ぶんりん》生、出山の御かたちを送りけるを安置して」と前書きがある。文鱗は蕉門の俳人。「御かたち」は釈迦《しゃか》像のことで、その釈迦像に対し、「こんな草庵《そうあん》ですがどうぞお住みください」と呼びかける句。

〈**活用表**〉

種類	基本形	語幹	未然形	連用形	終止形	連体形	已然形	命令形
ク活用	寒し	寒	から	く かり	し	き かる	けれ	かれ
シク活用	寂し	寂	しから	しく しかり	し	しき しかる	しけれ	しかれ

形容詞は活用する自立語で、事物の性質・状態を表し、「し」で終わる語です。「いみじ」「すさまじ」など、「じく」と活用するものもシク活用です。

連用形にはウ音便（「く」「しく」→「う」「しう」）が、連体形にはイ音便（「き」「しき」→「い」「しい」）と撥音便《はつおんびん》（「かる」「しかる」→「かん」「しかん」）が現れることがあります。

〈**口語では一種類**〉

基本形	語幹	未然形	連用形	終止形	連体形	仮定形	命令形
寒い 寂しい	寒 寂し	かろ	く かっ	い	い	けれ	

口語では、ク活用・シク活用がまとまって活用の種類が一種類になります。これは、終止形語尾

が「い」となる（文語の連体形語尾「き」「しき」のイ音便「い」「しい」が固定化して口語の終止形語尾「い」が生まれる）のにともなって、シク活用の活用語尾「し」が語幹の一部となったためです。また、口語には命令形はありません。

〈ク活用とシク活用〉

未然形・連用形の語尾に、「く」が現れるものがク活用、「しく」が現れるものがシク活用です。動詞「なる」を付けて簡単に見分けることができます。

「寒し」→寒**く**なる→ク活用

「楽し」→楽**しく**なる→シク活用

では練習です。

問九　次の俳句の中から、形容詞を抜き出し、終止形・活用の種類・ここでの活用形を答えましょう。

① 音なく白く重く冷たく雪降る闇　中村苑子

② 鉄の釜こそよけれ鹿尾菜焚く　中山世《せ》一《いち》

③ 魞竹の反り深かりし春の波　井上弘美

④　手かざしてなつかし父の瀬戸火鉢　中村　祐子
⑤　みごもりてさびしき妻やヒヤシンス　瀧《たき》　春一
⑥　たのしくて涙ぐむ妻胡桃割　細川　加賀

答九　①「なく」・なし・ク活用・連用形
「白く」・白し・ク活用・連用形
「重く」・重し・ク活用・連用形
「冷たく」・冷たし・ク活用・連用形
②「よけれ」・よし・ク活用・已然形
③「深かり」・深し・ク活用・連用形
④「なつかし」・なつかし・シク活用・終止形
⑤「さびしき」・さびし・シク活用・連体形
⑥「たのしく」・たのし・シク活用・連用形

①〜③がク活用、④〜⑥がシク活用です。

右のようにかたちの上で異なるク活用とシク活用ですが、語意の面でも違いがあることが指摘されています。**ク活用の語はものごとの状態を客観的に表す場合が多く、シク活用の語は心情を主観**

的に表す場合が多いのです。①〜⑥の形容詞で確認してみてください。

〈カリ活用とは〉

形容詞には、本活用（九五ページの活用表の右の列）の他に、カリ活用があります。これは、補助活用（九五ページの活用表の左の列）のこと。ク活用の「から」「かり」「かる」「かれ」。シク活用の「しから」「しかり」「しかる」「しかれ」を指します。

カリ活用は、連用形（「く」「しく」）に「あり」が加えられて生まれたものです。（八五ページ参照）形容詞の本活用の下には、助動詞は接続できません。カリ活用によってそれが可能になり、表現の幅が広がっているのです。

〈語幹の用法について〉

形容詞の語幹は独立して使われ、さまざまな働きをすることがあります。（これは形容動詞にも見られる特徴です。）

(1) 感動を込めて言い切る用法

茶の花や黄にも白にもおぼつかな　　蕪村

　子の摘める秋七草の茎短か　　　星野　立子

「おぼつかなし」「短し」の語幹が独立して使われています。また、語幹に「や」が付くかたちもあります。

　有がたやいたゞいて踏《ふむ》はしの霜　　　芭　蕉
　咳の子のなぞなぞあそびきりもなや　　　中村　汀女

「有がたし」「なし」の語幹に「や」の付いたものです。右の四句はク活用の形容詞ですが、シク活用の場合は、

　なつかしや帰省の馬車に山の蝶　　　水原秋櫻子
　聞き慣れて嘘もたのしや水中花　　　椎名《しいな》　書子《ふみこ》

となり、この場合、ク活用の語幹の持つ働きを、シク活用では終止形が担っていることになります。

⑵　助詞「の」をともなって連体修飾語となる用法

　残る焚火に言葉すくなの師と踞む　　　松村　蒼石

蒼石の句はク活用「すくなし」の用例。シク活用では1同様に、終止形が、ク活用における語幹の働きをします。

なつかしの濁世の雨や涅槃像　　阿波野青畝

⑶「体言＋（を）＋語幹＋み」のかたちをとって、「～が～なので」として原因・理由を表す用法

山深み春とも知らぬ松の戸に絶えぐ〳〵かゝる雪の玉水　（式子内親王『新古今和歌集』）

袖よごすらん田螺の蜑《あま》の隙《ひま》をなミ　　芭蕉

右はク活用「深し」「なし」の用例。式子内親王の歌の傍線部は「山が深いので」、芭蕉の句の傍線部は「隙がないので」の意。

余談ですが、右の「深み」を「深まる」の意の四段活用の自動詞と考えて「×秋深みたり」「×梅雨深みつつ」などと誤って使う例を見ることがあります。「深む」はマ行下二段活用をする他動詞で、「深める」の意。「たり」「つつ」が接続する場合は「深めたり」「深めつつ」と活用するものです。

春の野にすみれ摘みにと来し我そ野をなつかしみ一夜寝にける　（山辺赤人『万葉集』）

赤人の歌の傍線部は「野がなつかしいので」の意。シク活用においては、**1・2**と同じく、終止形がク活用における語幹の働きをします。

⑷「さ」「み」「げ」「む」「がる」などの接尾語が付いて他の品詞となる用法

探り食ふ柿の重みの夜の底　村越 化石
葭の芽を見続けてゐてさむがりぬ　吉井 幸子《さちこ》
古書店のあるじあるとき涼しげに　金久《かねひさ》美智子
マルクスをかなしむ冬の帽子かな　石田 勝彦

「重し」「さむし」「涼し」「かなし」の用例です。これらの場合も、シク活用においては、ク活用の語幹の働きを、終止形が担っています。古語辞典の中には、シク活用の語幹を終止形と同形とする（「をかし」の語幹を「をか」ではなく、「をかし」とするなど）辞書がありますが、そうする理由の一つがこの点にあります。

〈已然形に関連する誤り〉

九五ページの形容詞の活用表をご覧ください。形容詞の已然形語尾は「けれ」「しけれ」。「寒けれ」「寂しけれ」と活用します。この已然形に関連する誤りを二つ紹介しましょう。一つ目は、第一章のⅢ「品詞」の項に掲げた次のような誤りです。

×水鳥の光るを見れば寂しけり

このような誤りが生まれるのは、「寂しけれ」があるので、「寂しけり」もあろうという推測からでしょうか。あるいは、語尾の「しけれ」の一部「けれ」を助動詞「けり」の已然形と勘違いして、「寂し」に「けり」を接続させたのかもしれません。正しくは、「寂し」と言い切るか、助動詞「けり」を付けたいならば「寂しかりけり」と連用形に活用させて接続させるかのどちらかです。また、「寂しかり」というかたちで言い切ろうとする句を見ますが、次ページでお話しする「多し」の他の形容詞では、「〜かり」「〜しかり」というかたちで言い切るのは適切ではありません。連用形の「かり」「しかり」という語尾は、助動詞が下接するためのものです。一句を連用形で言いさして余情を残す手法を使いたいときは、「かり」「しかり」ではなく、「く」「しく」という本活用を使いましょう。

二つ目は、已然形と命令形を取り違える誤りです。

寒けれど二人寐る夜ぞ頼もしき　芭蕉
秋待つはさびしけれども鶏頭植う　細見綾子

右のように、「ど」「ども」が接続する際は、已然形に接続するのが正しい用法です。ところがこの已然形を命令形にしてしまう誤りが見られることがあります。具体的には、「×寒かれど」「×さびしかれども」とするパターンの誤りです。已然形の語尾が、口語の助詞「けれど」「けれども」を連想させる（「けれど」「けれども」は文語の形容詞の已然形語尾に由来するので無理もないのですが）ために、已然形が避けられ、命令形が選ばれるのでしょうか。

いずれにせよ、右の二点にはご注意ください。

〈**「多し」は特別**〉

形容詞の已然形語尾は「けれ」「しけれ」ですが、特例として、**「多かれ」という已然形**が存在します。「寒けれど」を「×寒かれど」と誤ってしまうのは、この「多かれ」の影響かもしれません。

そもそも「おほし」の意味には、上代においては、大きい・偉大だなどの意味（「大し」）と、数などが多いという意味（「多し」）の二つがありました。しかし、平安時代以降は、大きい・偉大だなどの意味を表す場合は、「おほし」に替わって「おほきなり」という形容動詞が使われるようになりました。

「おほし」は数などが多いという意味を表す場合に限られていったわけですが、その際、和文脈では、終止形「多かり」、連体形「多かる」、已然形「多かれ」が使われるようになり、「多し」「多き」「多けれ」という本活用のかたちは漢文脈で使われるようになっていったのです。

和文脈における「多し」のこの活用の仕方は特別なもので、他の形容詞には見られない特徴です。

カリ活用が終止形となった例は「無かり」「深かり」などいくつかの用例がある程度です。

連体形についても、「多し」以外の形容詞では、名詞を修飾する等の際は、本活用が使われます。カリ活用が名詞の修飾に使われるのは、和歌などの場合に限られた用法で、掛詞や音数律の関係によるものです。已然形についても前述のごとく、「けれ」「しけれ」が一般的なかたちです。

このように中古の和文で特別なかたちを示す「多し」ですが、中世に入ると徐々に「命長ければ辱多し。」（『徒然草』）のように、本活用が一般的になっていきました。

II　形容動詞

A　鰯雲しづかにほろぶ刻の影　石原八束《やつか》　**（連用形）**
B　蟻地獄寂寞として飢ゑにけり　富安風生　**（連用形）**
C　寒禽しづかなり震度7の朝　戸《と》恒《つね》東人《はるひと》　**（終止形）**
D　新宿ははるかなる墓碑鳥渡る　福永耕二　**（連体形）**
E　赤富士に露滂沱たる四辺かな　富安風生　**（連体形）**
F　年の瀬のうららかなれば何もせず　細見綾子　**（已然形）**
G　母の日の母きよの名のまたはるか　岸田稚魚　**（語幹用法）**

形容動詞は活用する自立語で、事物の性質・状態を表し、「なり」「たり」で終わる語です。右の例のごとく、タリ活用の形容動詞の語幹は、大半が漢語。これに対して、ナリ活用の語幹には和語が多く、「か」「やか」「らか」「げ」などで終わるものが多くみられます。

〈活用表〉

種類	基本形	語幹	未然形	連用形	終止形	連体形	已然形	命令形
ナリ活用	静かなり	静か	なら	なり に	なり	なる	なれ	なれ
タリ活用	堂々たり	堂々	たら	たり と	たり	たる	たれ	たれ

〈口語では一種類〉

基本形	語幹	未然形	連用形	終止形	連体形	仮定形	命令形
静かだ	静か	だろ	だっ で に	だ	な	なら	

文語の二種類の形容動詞のうち、ナリ活用の形容動詞は、語尾を「だ」に変化させて口語に残りました。タリ活用の形容動詞は、「〜と」「〜たる」のかたちで固定化し、それぞれ、副詞・連体詞に分類されるようになりました。たとえば「堂々たり」の連用形は「堂々と」のかたちで固定化して副詞に、連体形「堂々たる」は同じく固定化して連体詞に分類されるようになったのです。以上

のようなわけで、口語の形容動詞は活用の種類が一種類となっているのです。

形容動詞は、辞書には語幹のかたちで載るのが一般的です。たとえば、「しづかなり」の場合は、「しづか」で載る辞書が多いのです。辞書を引く際はこの点にご注意ください。

また、辞書によっては、『岩波古語辞典』のように形容動詞を品詞の一つとして立てず、語幹に相当する語を名詞として扱う辞書もあります。

〈語幹の用法について〉

形容詞の項でもお話ししましたが、形容動詞の場合も、語幹は独立して使われることがあります。俳句でよく見られるのは、**感動を込めて言い切る用法**でしょう。

母の日の母きよの名のまたはるか　　岸田　稚魚

菊たふれ咲き晩年のつまびらか　　長谷川久々子《くぐし》

あな幽かひぐらし鳴けり瀧の空　　水原秋櫻子

秋櫻子の句のように感動詞（この場合は「あな」）に続いて使われることも多くあります。この他に、助詞「の」をともなって連体修飾語となる用法や、接尾語が付いて他の品詞となる用法もあります。

第四章　名詞・副詞・連体詞・接続詞・感動詞

前章で、活用する自立語についてのお話が終わりました。本章は、活用しない自立語についてです。

Ⅰ 名詞

A 雛祭陽は谷底の雪の田に　大井 雅人

B 紅梅の夢白梅のこころざし　大串《おおぐし》 章《あきら》

C 稲光一遍上人徒《かち》跣《はだし》　黒田 杏子《ももこ》

D 筍や雨粒ひとつふたつ百　藤田 湘子《しょうし》

E 佳句秀句すなどることを初仕事　上田五千石

F その墓へ銀杏落葉の道しるべ　吉屋 信子

活用しない自立語のうち、主語となることのできる語を**体言**と呼びますが、名詞がこれにあたります。右の表の句はEを除いてみな、名詞のみ、または名詞と助詞のみで成り立っている句です。このように名詞のみ、名詞と助詞のみで作品が成立するのは、短い型式の文芸である俳句ならではの醍醐味《だいごみ》といえましょう。

名詞は大きく分けて、普通名詞・固有名詞・数詞・形式名詞・代名詞の五つに分類できます。代名詞を名詞と別立てにする学説もありますが、それについては後述します。

普通名詞は最も多く用いられる語。特定化・個別化しないものを普通名詞と呼びます。「雛祭」「陽」「谷底」「雪」「田」「紅梅」「夢」「白梅」「こころざし」「稲光」「徒跣《かちはだし》」「筍」「雨粒」「佳句」「秀句」「初仕事」「墓」「銀杏落葉」「道しるべ」がそれです。

固有名詞は人名や地名など、特定のものを個別に表現する語です。「一遍上人」がそれです。

数詞は数量や順序を表す語。「ひとつ」「ふたつ」「百」がそれです。

形式名詞は実質的意味を持たず、連体修飾語の下に使われる語。「こと」がそれです。

代名詞は話し手を基準にして、人・事物・場所・方角などを指し示す語。「そ」がそれです。文語文法では「其《そ》」「我《わ》」など一音のものも一語とします。口語文法ではこれら一音のものは単独では使われませんので「其《そ》の」「我《わ》が」で一語とし、連体詞に分類しますが、文語文法では代名詞＋助詞と考えます。

むかし吾《あ》を縛りし男《を》の子凌霄花　中村　苑子
強ひていへばそは春愁のごときもの　野見山朱鳥《あすか》
み吉野のこは面長のからすうり　小島　健

右は一音の代名詞「吾《あ》」「そ」「こ」の用例です。

文部省唱歌「浦島太郎」の一節「帰って見ればこはいかに（これはいったいどうしたことか）」の「こ」も同じく一音で一語の代名詞です。

「たそがれ（黄昏）」はそもそもは、「誰《た》そ彼《かれ》（誰であろうか、彼は）」から来ているのですが、この「誰《た》」も一音で一語の代名詞です。次の句では、「黄昏」の意と「誰であろうか、彼は」の意が重ね合わせられて、一句の奥行きが生まれています。

誰そ彼をいちはやく知る氷柱かな　　中原　道夫

〈代名詞は名詞と別立て？〉

代名詞には人称代名詞（人代名詞）、指示代名詞（事物代名詞）の二種類があります。人称代名詞については、自称・対称・他称・不定称の使い分けがあります。他称の場合は、近称・中称・遠称の使い分けがあります。指示代名詞については他称と不定称の使い分けがあり、他称にはやはり近称・中称・遠称の使い分けがあります。日本語の代名詞は、このように整然とした体系を持っています。

加えて、話し手を基準にして表現するという代名詞の性質は独自のものです。代名詞を名詞と分けて一品詞として立てる学説がありますが、この体系と性質の独自性が、代名詞を名詞とは別立てにする理由の一つなのです。辞書においても、学校教科書においても、代名詞を名詞に含めるもの、別に一品詞として立てるものと、その扱いはまちまちです。

II 副詞

A 菊の花互みにたべて湖を見る　岡井省二
B 落葉松は雪をとどめずさらさら鳴る　大野林火
C 老幹にいとゞ雨しみ花ひらく　皆吉爽雨
D 夕月に甚だ長し馭者の鞭　高野素十
E 柿接ぐや遠白波の唯一度　大峯《おおみね》あきら
F 数ならぬ身となおもひそ玉祭り　芭蕉

副詞は連用修飾語として使われます。(Eの「唯一度」のように名詞(体言)を修飾する場合も例外的にあります。)擬態語・擬声語も副詞に分類されますが、『岩波古語辞典』のように名詞に分類する辞書もあります。

Aの「互みに」は、「形見」の意ではなく、「互いに」「代わる代わる」の意です。

Cの「いとゞ」は「いよいよ」「ますます」の意。「いとど」は「いと」(同じく副詞で「非常に」

「大変」の意）とは別の語ですので、混同しないようにしましょう。

A〜Eの副詞は**情態《じょうたい》の副詞**・**程度の副詞**のいずれかに分類されますが、副詞にはもう一種類、**陳《ちん》述《じゅつ》の副詞**というものがあり、Fがそれにあたります。述語に対して、一定の言い方で結ぶ（呼応する）ことを求める働きを持っていますので、**呼応の副詞**とも言います。

数ならぬ身となおもひそ玉祭り　　芭蕉

この句は、「尼寿貞が身まかりけるときゝて」と前書きのある句。上五中七は亡き寿貞に対して「とるにたらぬ身だなどと思わないでくれ」とよびかけるもの。「な」は助詞「そ」と呼応して禁止の意を表します。

III　連体詞

ある寺の障子ほそめに花御堂　　高野　素十

連体詞は他の品詞から転成し、連体修飾語として固定化した語です。数も多くありません。俳句に使われそうな語の例をあげましょう。

ある＝動詞「あり」連体形から
いはゆる＝動詞「言ふ」未然形＋助動詞「ゆ」連体形から（「ゆ」は上代の助動詞）
さしたる＝副詞「さ」＋動詞「す」連用形＋助動詞「たり」連体形から

素十の句の「ある」は、「存在する」という動詞本来の意味を失い、はっきり分からない事物を指し示す、または分かっている事物をぼかして指し示す使われ方をしています。

先に代名詞の項で、「其《そ》の」「我《わ》が」などは口語文法では連体詞に属すると書きました。口語では「其《そ》」「我《わ》」を一語で使うことはないため、「其の」「我が」を固定化した一語と考えるのです。

Ⅳ　接続詞

A　炎天こそすなはち永遠《とは》の草田男忌　鍵和田《かぎわだ》秞子《ゆうこ》
B　露の世は露の世ながらさりながら　一茶
C　凍てきびしされども空に冬日厳　高浜虚子
D　燕飛ぶしかれども飛ぶあらしかな　齋藤《さいとう》玄
E　山又山山桜又山桜　阿波野青畝
F　狂へるは世かはた我か雪無限　目迫《めさく》秩父《ちちぶ》

接続詞には、**順接**（**「すなはち」「されば」「しかうして」など**）・**逆接**（**「さりながら」「されども」「しかれども」「しかるに」など**）・**並列**（**「また」「および」「ならびに」など**）・**添加**（**「かつ」「しかも」「なほ」など**）・**選択**（**「はた」「または」「もしくは」など**）・**転換**（**「さて」「さるほどに」「そもそも」など**）などの働きがあります。Bの「さりながら」は逆接の接続詞が座五に配された例です。そのあとの省略部分を想像させることで、深い悲しみを伝える表現のかなめとなっています。

V　感動詞

A	あはれ子の夜寒の床の引けば寄る	中村　汀女
B	一瞬の夏仏あな嬰児《やや》に似し	飯田　蛇笏
C	いざ子ども走《はしり》ありかむ玉霰	芭　蕉
D	あらたふと青葉若葉の日の光	芭　蕉
E	炎天がすは梟として存す	岡井　省二

感動詞には**感動・呼びかけ・応答**などの働きがあります。

Aの「あはれ」は感動。母の深い愛情が込められています。

Bの「あな」は感動。子の死に際して、押さえがたく溢れる父としての痛切な思いが込められています。

Cの「いざ」は呼びかけです。「いざ」と混同されやすい語に、同じ感動詞に属する「いさ」があります。

人はいさ心もしらずふるさとは花ぞ昔の香ににほひける　（紀貫之『古今和歌集』）

口語訳　あなたはさあどうでしょうか、お心のうちはわかりません。しかし、昔なじみの
　この土地では、梅の花だけは昔のままの香りで咲きにおっています

「いさ」ははっきり答えられないときなどに使う語。動詞「いさよふ」はこの「いさ」が動詞化したものといわれています。「いさよふ」は「ためらう」「たゆたう」の意。「十六夜」は、「いさよふ」から来た語です。

一方「いざ」は、人を誘ったり、自分で自分を鼓舞しようとするときに用いる語。動詞「誘《いざな》ふ」は、この「いざ」に、接尾語「なふ」の付いたものといわれています。

Dの「あら」は感動。「たふと」は形容詞の語幹用法（九八ページ参照）でこれも感動を込めた表現。「あらたふと」で「ああ尊いことよ」という意になります。

Eは作者の師加藤楸邨が逝去したおりの追悼句。「すは」は突然の出来事への驚愕《きょうがく》を表します。

《整理問題Ⅱ・基礎編》

問一　次の①〜④にあたる品詞名を答えましょう。

①活用する自立語　　②活用しない自立語

③活用する付属語　　④活用しない付属語

問二　形容詞・形容動詞の活用の種類をすべて答えましょう。

《整理問題Ⅱ・応用編》

問一　次の俳句の中から、副詞・連体詞・接続詞・感動詞を抜き出しましょう。

①　春蘭に木もれ陽斯かる愛もあり　佐藤　鬼房《おにふさ》

②　而してよき風鈴を釣りたまへ　高浜　虚子

③　菊の日のあはや俄かに風だつは　富安　風生

④　生れてまだ骨見する猫百日紅　岡井　省二

問二　次の俳句を単語に区切り、品詞名を答えましょう。

①　バスを待ち大路の春をうたがはず　石田　波郷

②　火の奥に牡丹崩るるさまを見つ　加藤　楸邨

③　あな幽かひぐらし鳴けり瀧の空　水原秋櫻子

④　夜の衾わが子と寝ねてせまけれど　瀧　春一

⑤　手の薔薇に蜂来れば我王の如し　中村草田男

⑥　夜の来るがふと怖ろしや夏の海　星野　立子

⑦　ある高さより大空の鳥曇　岡井　省二

⑧　働いて薄着たのしや冬木賊　　岡本　眸

《基礎編の解答》

答一　①動詞・形容詞・形容動詞　②名詞・副詞・連体詞・接続詞・感動詞　③助動詞　④助詞

答二　形容詞＝ク活用・シク活用　　形容動詞＝ナリ活用・タリ活用

（それぞれの活用のパターンも暗唱してみましょう。）

《応用編の解答》

答一　①「斯かる」連体詞　②「而して」接続詞　③「あはや」感動詞　④「まだ」副詞

答二　①　バス（名詞）　を（助詞）　待ち（動詞）　大路（名詞）　の（助詞）　春（名詞）　を（助詞）　うたがは（動詞）　ず（助動詞）

②　火（名詞）　の（助詞）　奥（名詞）　に（助詞）　牡丹（名詞）　崩るる（動詞）　さま（名詞）　を（助詞）　見（動詞）　つ（助動詞）

③　あな（感動詞）　幽か（形容動詞）　ひぐらし（名詞）　鳴け（動詞）　り（助動詞）　瀧（名詞）　の（助詞）　空（名詞）

④　夜（名詞）　の（助詞）　衾（名詞）　わ（名詞）　が（助詞）　子（名詞）　と（助詞）　寝ね（動詞）　て（助詞）　せまけれ（形容詞）　ど（助詞）

⑤　手《名詞》　の《助詞》　薔薇《名詞》　に《助詞》　蜂《名詞》　来れ《動詞》　ば《助詞》　我《名詞》　王《名詞》　の《助詞》　如し《助動詞》

⑥　夜《名詞》　の《助詞》　来る《動詞》　が《助詞》　ふと《副詞》　怖ろし《形容詞》　や《助詞》　夏《名詞》　の《助詞》　海《名詞》

⑦　ある《連体詞》　高さ《名詞》　より《助詞》　大空《名詞》　の《助詞》　鳥曇《名詞》

⑧　働い《動詞》　て《助詞》　薄着《名詞》　たのし《形容詞》　や《助詞》　冬木賊《名詞》

（活用語については、何形に活用しているかも考えてみましょう。）

第五章　助動詞

助動詞とは

助動詞は活用する付属語で、自立語や他の付属語の下に付いて意味を添えたり叙述を助けたりする働きをします。助動詞どうし重ねて使われることも多く、重ね方には一定の順序があります。

第一章でもお話ししたように響きの良さ・簡潔さなどで、文語の助動詞はいまなお、俳句の実作者をひきつけています。ただ、現代の生活の中ではほとんどの語が日常語としては使われません。

文法学習のかなめは助動詞ということもまた、よくいわれることです。

春の夜や長からねども物語　岩田　由美
泳ぎつつ夢を見むとてうらがへる　大屋　達治
風鈴をしまふは淋し仕舞はぬも　片山由美子
春闌けてきて鈴を振る音すなり　中田　剛
この町に生くべく日傘購ひにけり　西村　和子
重陽の菊と遊べる子どもかな　日原　傳《つたえ》
硯石露の山から切り出さる　三森　鉄治

右のような多くの助動詞に親しみ、使いこなすためには、分類整理して理解していく必要があります。

助動詞を分類する基準として、

接続———どの活用形に接続する性質を持つか

活用の型—助動詞自身はどのような活用の仕方をするか

意味———どのような意味を持つ助動詞か

という三つの要素があげられます。本書では、接続による分類に従ってお話を進めます。上に付く語との関わりに着目した分類なので分かりやすく、実作に役立てやすいからです。接続による分類を入り口とし、活用の型と意味とによってさらに細かく分類してお話ししましょう。接続による分類は次のようなものです。

〈接続による分類〉

未然形に接続

る・らる・す・さす・しむ・ず・む・むず・じ・まほし・まし

連用形に接続

き・けり・つ・ぬ・たり（完了）・けむ・たし

終止形ほかに接続

らむ・らし・めり・べし・まじ・なり（伝聞・推定）・なり（断定）・たり（断定）・ごとし・ごとくなり・り

活用の型による分類と意味による分類については、巻末付録の助動詞一覧表（二三七ページ）をご参照ください。

I　未然形に接続する助動詞

1　「る」「らる」　受身・尊敬・自発・可能

A　旅人と我《わが》名よばれん初しぐれ　芭　蕉　**（受身・未然形）**

B　語られぬ湯殿にぬらす袂かな　芭　蕉　**（可能・未然形）**

C　春風や身に纏ふものみな吹かれ　稲畑　汀子　**（受身・連用形）**

D　愚鈍なる炭団法師で終られし　高浜　虚子　**（尊敬・連用形）**

E　硯石露の山から切り出さる　三森　鉄治　**（受身・終止形）**

F　降る雪に胸飾られて捕へらる　秋元不死男　**（受身・終止形）**

G　雲を見て身の流さるる花野かな　中根　美保　**（受身・連体形）**

H　海士《あま》の顔先《まづ》見らるゝやけしの花　芭　蕉　**（自発・連体形）**

I　金網に吹きつけらるる野菊かな　岸本　尚毅《なおき》　**（受身・連体形）**

J　魂迎ここ通られよ石畳　上野　章子　**（尊敬・命令形）**

〈ポイント〉　Bは『奥の細道』の句で、季題は「湯殿詣《もうで》」、季節は夏。行者の掟《おきて》として他言を禁じられている湯殿山の神威に感じて涙を流すという意の句。「語られぬ」は「語ることができない」の意。「る」「らる」が可能の意で使われる場合は、中古まではこのBの例のように打消表現をともなうことが大半である。打消表現をともなわずに使われるのは、中世以降のこと。

Dは「富士見に在る佐久間法師、急性肺炎にて逝く。」という前書きのある句。

Hは「(自然に)海士の顔が見られる」という自発の意で、海士の顔を見ているのは作者である。自発の「る」「らる」は「思ふ」「偲《しの》ぶ」「知る」「嘆く」「眺む」など心情に関わる語に付く場合が多い。

〈活用表〉　下二段型（自発・可能の場合は命令形は無し）

語	未然形	連用形	終止形	連体形	已然形	命令形	接続
る	れ	れ	る	るる	るれ	れよ	四段・ナ変・ラ変の未然形
らる	られ	られ	らる	らるる	らるれ	られよ	右以外の動詞の未然形

「る」「らる」は**受身（…レル・…ラレル）**・**尊敬（…レル・…ラレル・…ナサル・オ…ニナル）**・**自発（自然ニ…レル・自然ニ…ラレル）**・**可能（…デキル）の意味**を表します。

「る」「らる」には意味上の違いはありません。上に付く語の活用の種類によって使い分けられます。

降る雪に胸飾られて捕へらる（飾ら＝四段、捕へ＝下二段）　秋元不死男

「る」は四段活用・ナ行変格活用・ラ行変格活用の動詞に、「らる」はそれ以外の動詞に付きます。

〈「住める」と「住まる」〉

さて、可能の意で使われる「る」についてですが、

語られぬ湯殿にぬらす袂かな　芭蕉

右は四段活用の動詞の未然形＋「る」の例ですが、口語ではこれは、五段活用の動詞の未然形＋「れる」になります。が、口語の五段活用の動詞の場合、助動詞を加えて可能を表現するかたちより、一語化した**可能動詞（下一段活用になります）**を使う（たとえば「語ることができない」の意を表すには、「語られない」よりも、「語れない」を使う）ほうが一般的です。次の句の傍線部は口語の可能動詞の用例。傍線部を仮に文語の助動詞を使って表現すれば、「行かるる」となるところです。

行けるところまで行き骨片よ囀よ　小《こ》檜《ひ》山《やま》繁《しげ》子《こ》

さて、この**口語の可能動詞とみかけがそっくりなものとして注意が必要なのが、四段活用の動詞＋「る（完了・存続の助動詞「り」の連体形）」**です。

今日はよく眠れるだろうか。　**（眠ることができる）**

眠れる森の美女　**（眠っている）**

冬はどんな所にでも住める。　**（住むことができる）**

住める方は人に譲り、杉風が別墅《べっしょ》に移るに……。　**（住んでいた）**

両例ともに、右が可能動詞、左が四段活用の動詞＋「る（完了・存続の「り」の連体形）」の例。みかけは全く同じですので、一句の中に**口語の可能動詞を使いたいときは、文語の四段活用の動詞＋「る（完了・存続の「り」の連体形）」とまぎらわしくならないように注意**して使いましょう。

ちなみに、「冬はどんな所にでも住める。」は、『徒然草』五十五段の一部を現代語に直したもの。原文は次のとおりです。

冬はいかなる所にも住まる（「住ま＋る」）。可能の助動詞「る」

2　「す」「さす」「しむ」　使役・尊敬

A　梅もどき鳥ゐさせじとはし居かな　蕪　村　（使役・未然形）
B　陋巷を好ませたまひ本戎　阿波野青畝　（尊敬・連用形）
C　湯をあふれさせ夜の秋をあふれさせ　鳥居おさむ　（使役・連用形）
D　石投げて水を笑はす春隣　渡辺鮎太《あゆた》　（使役・終止形）
E　窓の雪女体にて湯をあふれしむ　桂《かつら》信子　（使役・終止形）
F　宿かりて名を名乗らするしぐれ哉　芭　蕉　（使役・連体形）
G　うき我をさびしがらせよかんこどり　芭　蕉　（使役・命令形）
H　螢籠われに安《あん》心《じん》あらしめよ　石田波郷　（使役・命令形）

〈ポイント〉　Aは『徒然草』十段「後徳大寺の大臣」の話を面影にした句で、「じ」は未然形に接続する助動詞。
　Bは尊敬の用例。尊敬の「す」「さす」「しむ」は単独では使われず、他の尊敬語（「給ふ」「おはします」「まします」など）をともなう。

〈活用表〉下二段型（尊敬の場合は命令形は無し）

語	未然形	連用形	終止形	連体形	已然形	命令形	接続
す	せ	せ	す	する	すれ	せよ	四段・ナ変・ラ変の未然形
さす	させ	させ	さす	さする	さすれ	させよ	右以外の動詞の未然形
しむ	しめ	しめ	しむ	しむる	しむれ	しめよ	用言の未然形

「す」「さす」「しむ」は、**使役（…セル・…サセル）・尊敬（オ…ニナル・…ナサル・…レル・…ラレル）の意味**を表します。前項の「る」「らる」が自然的・無作為的であるのと対照的に、人為的・作為的なのが「す」「さす」「しむ」です。

「す」「さす」は和文体に使われることが多い語です。上に付く語の活用の種類によって使い分けられるだけで、意味上の違いはありません。「しむ」はもっぱら和漢混淆《こんこう》文や漢文訓読体に使われた語です。右のE・Hにおいても、「女体」「安心《あんじん》」という熟語の硬さが、「しむ」と響きあっています。

〈「る」の脱落に注意〉

「す」「さす」「しむ」は動詞下二段型の活用をしますので、**連体形から「る」が脱落する（または、不必要な「る」が入る）という下二段活用に特有の誤りが発生しがち**です。

石投げて水を笑はす／春隣　渡辺　鮎太

有難や／雪をかほらす南谷　芭　蕉

鮎太の句は／の部分で切れている句。「笑はす」は終止形で、用法として正しい例です。

一方芭蕉の句は、「有難や」と上五で切れていますので、中七座五は一続き（すなわち「かほらす」は連体形相当）と考えられます。連体形「かほらする」の「る」が脱落した例と見てよいでしょう。

ちなみに「かほらす（る）」の仮名遣いは誤り。正しくは「かをらす（る）」です。

〈「見せしめ」について〉

余談ながら、「しむ」は中世以降「見る」「得」などに付く際、「見しむ」「得しむ」ではなく、「見せしむ」「得せしむ」という特別な付き方をするようになりました。「見せしめ」は、それが現代語の中に残存している例です。

3 「ず」 打消

A しの〻めや雲見えなくに蓼の雨　　蕪村　（未然形）

B 曙や蘂を離さず梅ひらく　　島谷征良《せいろう》　（連用形）

C をと〻ひのへちまの水も取らざりき　　正岡子規　（連用形）

D 木の葉ふりやまずいそぐないそぐなよ　　加藤楸邨　（終止形）

E 風鈴をしまふは淋し仕舞はぬも　　片山由美子　（連体形）

F 曲らざる道枯山につきあたる　　福田甲子雄《きねお》　（連体形）

G 春の夜や長からねども物語　　岩田由美　（已然形）

〈ポイント〉E「しまふ」と「仕舞はぬ」はともに連体形で体言相当となる準体法。下に「こと」が省略されているかたち。

〈活用表〉 特殊型

語	未然形	連用形	終止形	連体形	已然形	命令形	接続
ず	な ず ざら	(に) ず ざり	ず	ぬ ざる	ね ざれ	ざれ	活用語の未然形

「ず」は**打消（…ナイ）の意味**を表します。「ず」には、「ず」系統・「ざり」系統・「ぬ」系統という三つの活用の系統があります。このうち「ざり」系統の活用は「ず」＋「あり」から変化したもので、主に助動詞が接続するための補助活用として発達したものです。この「ざり」を言い切りのために使う句を見ますが、形容詞がカリ活用で切れること（×**例**「うれしかり。」「はげしかり。」など）が一般的でないように、「ざり」で切れること（×**例**「見ざり。」「聞かざり。」など）も一般的用法ではありません。

〈「ずは」について〉

「ず」には「は」をともなった「ずは」という表現があります。「ずは」は大きく二つの意味に使い分けられますが、次の和歌はその使い分けがよく分かる例です。

今日来ずは①明日は雪とぞ降りなまし消えずは②ありとも花と見ましや

（在原業平『古今和歌集』）

口語訳　今日来なかったら明日は雪のように散り失せているでしょう。たとえ消えないでいるにしても、花だと思えるでしょうか

「今日来ずは①」は「今日来なかったら」の意。「ずは」は、「もし～なかったら」「もし～ないならば」

という意を表します。

一方、「消えずはありとも」は「消えないでいるにしても」の意。こちらの「ずは」は、「～しないで」「～ずに」の意です。

これらの「ず」の活用形については、①②の「ず」をともに連用形「ず」（＋係助詞「は」）とする説、①のほうは未然形「ず」（＋接続助詞「は」）とする説などがあり、学説によって意見が分かれています。
①の「ずは」は近世では濁音化し、「ずば」となります。用例をあげておきましょう。

忘れずば佐夜の中山にて涼め　芭蕉

〈「**なく**」**について**〉

次は、「なく」という表現についてです。

山吹の立ちよそひたる山清水汲みに行かめど道の知らなく　（高市皇子『万葉集』）
口語訳　山吹の花が装っている山の清水を汲みに行きたいけれども、道が分からないことだなあ

「なく」は「～ないことだなあ」と余情を残す意。**「ず」の未然形「な」**＋**「く」**です。「な」は上

代に使われた古いかたちで、中古以降は主に「なく」「なくに」のかたちで和歌の中に残りました。「なく」に「に」の付いた「なくに」は「ないのだから」「ないのに」という意を表します。

誰をかも知る人にせむ高砂の松も昔の友ならなくに　（藤原興風『古今和歌集』）

飽かなくにまだきも月のかくるゝか山の端逃げて入れずもあらなん　（在原業平『古今和歌集』）

興風の歌は「友ではないのだから」。業平の歌は「満足していないのに」の意。次の蕪村の句は「見えないのに」の意です。

しのゝめや雲見えなくに蓼の雨　蕪　村

これらの「く」は、体言を作る接尾語（この働きを**ク語法**と言います）で、現代語の中にも「曰《いわ》く」「思惑《おもわく》」「恐らく」（「いは＋く」「おもは＋く」「おそら＋く」）など固定化したかたちで残存しています。

「く」と同様の働きをするものに、「らく」があります。こちらも、「老ゆらく」の転じた「老いらく」などとして、現代語に残存しています。

老ゆらくをさやさや都忘れかな　岩城　久治

ク語法については、そもそもは「こと」の意味を示す形式名詞「あく」が連体形に付いて発生したもの（**例**「いふ」＋「あく」→「いはく」）という説があります。そう考えると、「なく」は未然形「な」＋「く」ではなく、連体形「ぬ」＋「あく」となります。

最後に、この「なく」から派生したと考えられる誤りの例をあげておきましょう。

さみだれや鵜さへ見えなき淀桂　　蕪村

口語の「見えない」（打消の助動詞「ない」は室町時代末期に関東方言として発生）の「ない」と形容詞「無し（無い）」、そして今話題にしている「なく」が混同された結果起こった誤りと考えられます。『俳諧文法概論』（山田孝雄著）にも、「かやうないひ方は文語にもなく、口語にもなく、又古語にも無く今まで例の無いものである。」としてあげられている例です。同様の誤りとしては、「×聞かなきこと」「×言はなきこと」「×けしからなきこと」「×くだらなきこと」「×つまらなきこと」などがあげられます。波線部に共通する表現としては「ぬ」（打消の助動詞「ず」の連体形）が適切です。

4　「む」「むず」推量

A　梅筵来世かならず子を産まむ　　岡本　眸　　**（意志・終止形）**

B　わが死後も寒夜この青き天あらむ　　加藤　楸邨　**（推量・終止形）**

C　枯菊と言ひ捨てんには情あり　　松本たかし　**（婉曲・連体形）**

D　箱を出る皃わすれめや雛二対　　蕪　村　**（推量・已然形）**

〈ポイント〉　Dは二人の姉妹がそれぞれの雛《ひな》を出している場面。箱は同様のものでも愛着のある自分の雛の顔は見忘れることがあろうか、という意。主語を補うとすれば「二人の姉妹」なので「む」は推量。

〈活用表〉　「む」は四段型・「むず」はサ変型

語	未然形	連用形	終止形	連体形	已然形	命令形	接続
む	ま		む	む	め		活用語の未然形
むず			むず	むずる	むずれ		活用語の未然形

「む」は**推量（…ダロウ・…ウ・…ヨウ）**、**意志（…ウ・…ヨウ・…ツモリダ）**、**適当・勧誘（…ガヨイ・…テクダサイ）**、**婉曲・仮定（…ヨウナ・…トシタラ）などの意味**を表します。「ん」と書く場合もあります。

「む」は、実現していない事柄や確かでない事柄の実現を予想したり、確かでない事柄のあり方を想像したりする推量の意味が基本で、右の意味区分は、主語や下に付く語によって生まれるものです。

主語が話し手（一人称）の場合は、自分のことをいうのですから意志。俳句でも多く見られる用法です。次の句は意志の用例。生まれ変わった次の世での自分についての願いをいっています。

梅筵来世かならず子を産まむ　　岡本　眸

主語が聞き手（二人称）の場合は、話し手の聞き手に対する思いを表すのですから勧誘・適当。「こそ〜め」「なむ」「てむ」のかたちをとることが多くなっています。

疾くこそこころみさせたまはめ。（『源氏物語』）

口語訳　早く試みなさるのがよい。

主語が第三者（三人称）の場合は、話し手が第三者のことを予想したり想像したりするのですから推量になります。これも俳句で多く見られる用法です。次の句はその用例。自分の死後の「天」についての想像を述べています。

わが死後も寒夜この青き天あらむ　　加藤　楸邨

下に付く語との関係に特徴があるのは婉曲・仮定の場合ですが、これは仮定的なこと・不確かなこととして断定を避け、柔らかく表現するのに用いられます。「む」が連体形となって下に体言が付いたり、「を」「は」「には」「こそ」などが付いて、体言相当となったりしたときに見られるもの。次の句は「には」「は」の付いた例です。

枯菊と言ひ捨てんには情あり　松本たかし

句をやめむは生絶つごとし茗荷の子　下村槐太《かいた》

六つの意味のうち三つが組み合わせられた例として『徒然草』の一文を紹介しましょう。

つゆ違はざらむ（意志）と向かひゐたらん（婉曲・仮定）は、ひとりある心地やせん（推量）。（『徒然草』）

口語訳　人と全くくいちがわないでいようとして対座しているようなことは（対座していれば）、一人でいる心地がすることだろう。

使い分けがよく分かる例ですので、覚えておきましょう。

〈「むず」と「むとす」〉

「むず」は、「む」の意を強めた助動詞として、「むとす」が縮まって平安時代中期以降に成立した語です。主に会話文の中に使われたものですが、中世には地の文にも現れ、「む」より強い語調のものと意識されました。俳句には縮約する前のかたち「むとす（んとす）」の用例が多いようです。

雪解川ある逡巡を絶たむとす　山田 径子
冬麗の微塵となりて去らんとす　相馬 遷子《せんし》

〈**「む」の未然形「ま」について**〉

「む」の未然形「ま」は主に上代に、接尾語「く」が付いた「まく」のかたちで用いられ、中古以降は和歌の中に残りました。「ず」の項でク語法に触れましたが、そこで紹介した説によれば、「まく」は「ま」＋「く」ではなく、連体形「む」＋「あく」となります。（一三八ページ参照）

次の歌は「まく」＋「ほし」の用例です。

老いぬればさらぬ別れもありと言へばいよ〳〵見まくほしき君かな

（伊登内親王『古今和歌集』）

後述する助動詞「まほし」は「まく」＋「ほし」からできたものです。

〈**「う」と「よう」**〉

口語の助動詞「う」は、「む」→「ん」→「う」という変化を経て中古末期にできた語。「よう」は中世末期に「う」からできた語です。

年玉を妻に包まうかと思ふ　後藤比奈夫《ひなお》

市人よ此《この》笠うらふ雪の傘　芭蕉

此《この》ふゆや紙衣着よふとおもひけり　蕪村

芭蕉の句の「うらふ」は「うらう」とあるべきところ。市の人々に向かって戯れに呼びかけた句です。また、蕪村の句の「着よふ」も「着よう」とあるべきところ。「う」を「ふ」とする例は、芭蕉や蕪村の時代には、これらの句以外にも見られるものです。

「よう」は、

「着」＋「う」→「着う」→「着よう」

のごとく、イ段（及びエ段）の音が「う」と接続する際に音転して生まれたものですので、**歴史的仮名遣いは「よう」**。次の句は「よう」の用例です。

湯豆腐や死後に褒められようと思ふ　藤田湘子

余談ながら、

ぼうたんの百のゆるるは湯のやうに　森澄雄

の「やう」は助動詞「やうなり（様なり）」の連用形「やうに」の一部。**歴史的仮名遣いは「やう」**です。

5　「じ」　打消推量

A　馬かたはしらじしぐれの大井川　　芭蕉　**（打消推量・終止形）**
B　冬に負けじ割りてはくらふ獄の飯　　秋元不死男　**（打消意志・終止形）**

〈活用表〉　特殊型

語	未然形	連用形	終止形	連体形	已然形	命令形	接続
じ			じ	じ	じ		活用語の未然形

「じ」は**打消推量（…ナイダロウ・…マイ）の意味**を表します。主語が話し手の場合は**打消意志（…マイ・…ナイツモリダ）の意味**を表します。

Aは打消推量、Bは打消意志の例で、ともに終止形です。「じ」は終止形で使われることがほとんどです。連体形の「じ」は現代語に残存する「負けじ魂」のように体言が付く場合か、助詞「を」「に」などが付く場合に使われるもの。已然形「じ」は係助詞「こそ」の結びとして使われる例がまれに見られるのみです。

「じ」には、これまでお話ししてきた助動詞にあった語形変化がありません。しかし、右のように一定の用法が存在するため、それぞれの活用形を認め、助動詞に分類しています。語形変化をしない助動詞としては他に、「らし」（上代にのみ語形変化あり）、口語の「う」「よう」「まい」があります。

6　「まほし」　希望

> 蓑虫のちゝよと鳴くを聞かまほし　　星野　立子　（終止形）

〈活用表〉　形容詞シク活用型

語	未然形	連用形	終止形	連体形	已然形	命令形	接続
まほし	まほしから	まほしく まほしかり	まほし	まほしき まほしかる	まほしけれ		動詞・助動詞「す」「さす」「ぬ」などの未然形

「まほし」は**希望（…タイ・…テホシイ）の意味**を表します。前述した「まく」に形容詞「ほし」が付いた「まくほし」から転じたもの（一四二ページ参照）ですので、形容詞シク活用型の活用を

します。

希望・願望を表す助動詞としては中古末期からは「たし」も用いられました。中世において「まほし」と「たし」はほぼ拮抗《きっこう》し、徐々に「たし」が優勢になっていきました。俳句では「まほし」より「たし」のほうが多く見られるようです。

7　「まし」反実仮想

生れ代るも物憂からましわすれ草　　夏目　漱石　**（終止形）**

〈活用表〉特殊型

語	未然形	連用形	終止形	連体形	已然形	命令形	接続
まし	ませ ましか		まし	まし	ましか		活用語の未然形

「まし」の活用形のうち、未然形「ませ」「ましか」（「ませ」は上代中心、「ましか」は中古以降に用いられるもの）は「ば」が付いて仮定条件を表す場合のみに使われます。已然形「ましか」は、主として「こそ」の結びとして用いられます。

「まし」は**反実仮想（モシ〜トシタラ…ダロウニ・…ナラヨカッタノニ）の意味**を表します。反実仮想とは現実・事実と反対のことや現実には起こりえないことを仮に想像する意で、多くの場合、「〜だったら」にあたる条件句が付きます。

思ひつゝ寝ればや人の見えつらむ夢と知りせば覚めざらましを　（小野小町『古今和歌集』）

口語訳　あの人のことを思いながら寝たので、あの人が夢に現れたのだろうか。夢と分かっていたのなら、目を覚まさなかっただろうに

右の場合「夢と知りせば」が条件句。想像と現実の関係は次のとおりです。

想像は　夢と知りせば――→覚めざらましを
事実は　夢と知らなかったので―→目覚めてしまった

現実に対する残念な思い・否定的な思いが、反実仮想の表現をとらせます。ここから、**ためらいや迷いを含む意志（…シタモノダロウカ・…ショウカシラ）の意味**も派生します。ためらいや迷いを含む意志の場合は、「や」「か」「なに」「いかに」など疑問の語をともなうことが多くあります。

しやせまし、せずやあらましと思ふことは、おほやうは、せぬはよきなり。　（『徒然草』）

口語訳　しようか、しないでおこうかと思うことは、たいていはしないほうがよいものである。

中世以降は推量の「む」とほぼ同義の使い方も生まれ、俳句ではこの用例が多いようです。

生れ代るも物憂からましわすれ草　　夏目　漱石

II　連用形に接続する助動詞

1　「き」「けり」　過去

A　今年濃き鶏頭を見き霜柱　　矢島　渚男《なぎさお》　（終止形）
B　葉鶏頭母に晩年なかりけり　　満田《みつだ》　春日《はるひ》　（終止形）
C　春の月ありしところに梅雨の月　　高野　素十　（連体形）
D　梅白し昨日《きのふ》や鶴を盗《ぬすま》れし　　芭　蕉　（連体形）
E　白藤や揺りやみしかばうすみどり　　芝　不器男　（已然形）

〈ポイント〉　Bの「けり」は母の早過ぎる死への詠嘆を表す働き。
Dは宋の隠君林和靖《りんわせい》の故事を下敷きにした句。「や」の結びとして連体形になっているいる係り結びの用法。→二〇四ページ

〈活用表〉「き」は特殊型・「けり」はラ変型

語	未然形	連用形	終止形	連体形	已然形	命令形	接続
き	せ		き	し	しか		活用語の連用形、カ変・サ変には未然形にも
けり	（けら）		けり	ける	けれ		活用語の連用形

「き」の未然形「せ」は反実仮想「まし」の条件句「せば」を作る際に使われるものです。（一四七ページ参照）この「せ」は「き」の未然形ではなく、サ行変格活用の動詞「す」の未然形だという説もあります。カ変・サ変への接続については七三〜七四ページをご参照ください。

「けり」の未然形「けら」は「…けらず（や）」のかたちで主に上代に使われたものです。中古以降は「ざりけり」という接続の順となりました。

〈「き」と「けり」の違い〉

「き」「けり」は**過去（…タ）の意味**を表します。「き」は直接経験した過去を述べる場合に多く使われ、「けり」は直接に見聞きせず伝え聞いた過去を述べる場合に多く使われます。次の文は「き」と「けり」の使い分けがよく分かる文です。

その人、ほどなく失せにけりと聞きはべりし。（『徒然草』）

口語訳　その人はまもなく亡くなってしまったと聞きました。

「その人、ほどなく失せにけり」という事実は、伝え聞いたことです。そして、そのことを「聞きはべりし」ということは直接経験したことです。伝聞の過去を意味する「けり」は物語などで多く使われます。

〈**気付きのけり・詠嘆のけり**〉

「けり」には、伝聞の過去の他に、**気付き（…ダッタノダ）の意味**があります。これまで気付かなかったことに今改めて気付いたという驚きを表現するもので、**詠嘆（…ダナア・…コトダナア）の意味**はここから生まれます。

吹く風の色の千種に見えつるは秋の木の葉の散ればなりけり（よみ人しらず『古今和歌集』）

口語訳　吹く風の色がさまざまに見えたのは、秋の木の葉が散っているからであったのだなあ

見わたせば花も紅葉もなかりけり浦の苫屋の秋の夕暮（藤原定家『新古今和歌集』）

口語訳　見渡すと花も紅葉もないことだなあ。海辺の苫屋のあたりの秋の夕暮れよ

和歌の末尾の「けり」は詠嘆の場合がほとんどです。ちなみに、ものごとが終結するという意味の現代語「けりが付く」の「けり」は、この「けり」から出たものです。俳句の切字「けり」は、この詠嘆の用法の一種です。

〈「けり」の見分け方〉

第一章のIII「品詞」の項および第三章のI「形容詞」の項で、助動詞「けり」が他の品詞と混同される例についてお話ししました。それらをここで、問いのかたちでまとめておきましょう。

問十　次の句の傍線部のうち、助動詞「けり」であるものを選びましょう。

①　のめといふ魚のぬめりも春めけり　茨木《いばらき》　和生《かずお》
②　枯菊の沈んでゆける炎かな　千葉　皓史《こうし》
③　螢籠昏ければ揺り炎えたゝす　橋本多佳子
④　がうがうと欅芽ぶけり風の中　石田　波郷
⑤　露草の露こそ珠といふべけれ　広渡《ひろわたり》　敬雄《たかお》

答十　いずれも助動詞「けり」ではない。

①②④はいずれもカ行四段活用の動詞の語尾に完了・存続の助動詞「り」の付いたもの。③は形容詞「昏し」の已然形語尾。⑤は形容詞型の活用をする助動詞「べし」の已然形

の一部。

2　「つ」「ぬ」「たり」　完了

A　春の夕《くれ》たえなむとする香をつぐ　蕪村　（未然形）

B　この町に生くべく日傘購ひにけり　西村和子　（連用形）

C　火の奥に牡丹崩るるさまを見つ　加藤楸邨　（終止形）

D　此《この》梅に牛も初音と鳴《なき》つべし　芭蕉　（終止形）

E　柴漬にまこと消ぬべき小魚かな　高浜虚子　（終止形）

F　魚《び》籠《く》の中しづかになりぬ月見草　今井聖《せい》　（終止形）

G　正客に山を据ゑたり武者飾　野中亮介《りょうすけ》　（終止形）

H　さみだれに見えずなりぬる径《こみち》哉　蕪村　（連体形）

I　秋の空きのふや鶴を放チたる　蕪村　（連体形）

J　えごの花流れ込みたる田水かな　三村純也　（連体形）

K　老ぬればあたゝめ酒も猪口一つ　高浜虚子　（已然形）

L　うき我にきぬたうて今は又止ミね　蕪村　（命令形）

〈ポイント〉Eの「消《け》」はカ行下二段活用の動詞「消《く》」の連用形。「消ゆ」はこの語に「ゆ」が付いてできたものといわれている。

Iは「き」の用例（二四九ページ参照）で示したDと同じ、宋の隠君林和靖の故事を下敷きにした句。「たる」は係助詞「や」の結びとして連体形になっている。↓二〇四ページ

Lは、憂愁に沈む心を砧《きぬた》を打って慰めてくれと願いつつ、その音が聞こえてきたら、哀切な響きに耐えられず止めてしまってくれと心の中で叫ぶ心理の起伏を描くもの。

〈活用表〉「つ」は下二段型・「ぬ」はナ変型・「たり」はラ変型

語	**未然形**	**連用形**	**終止形**	**連体形**	**已然形**	**命令形**	**接続**
つ	て	て	つ	つる	つれ	てよ	活用語の連用形
ぬ	な	に	ぬ	ぬる	ぬれ	ね	ナ変以外の活用語の連用形
たり	たら	たり	たり	たる	たれ	たれ	ラ変以外の動詞・助動詞「る」「らる」「す」「さす」「しむ」「ぬ」などの連用形

中古においては、「ぬ」はナ行変格活用に、「たり」はラ行変格活用に接続しません。「ぬ」は

「往ぬ（ナ変）」を、「たり」は「あり（ラ変）」をもとにしてできた語だからです。

「つ」「ぬ」「たり」は**完了（…タ・…テシマッタ）の意味**を表します。**完了とは動作・作用の完結した状態ですので、過去・現在・未来のどの時点においてもありえることです。完了＝過去ではありません。**

「つ」「ぬ」には他に**強意（キット…・タシカニ…）の意味**が、「たり」には他に**存続（…テイル・…テアル）の意味**があります。

〈「つ」と「ぬ」の違い〉

「つ」と「ぬ」の使い分けについては、「つ」は意志的、作為的な動作を表す語に付き、「ぬ」は無意識的、無作為的な動作を表す語に付くという傾向があります。また、「つ」は行為の完了に視点を置いて述べ、「ぬ」は状態の発生に視点を置いて述べるという傾向があります。楸邨の句と聖の句を比較してみてください。

火の奥に牡丹崩るるさまを見つ　加藤　楸邨
魚籠《びく》の中しづかになりぬ月見草　今井　聖

〈強意とは〉

「つ」「ぬ」に推量の助動詞が付いた「てむ」「なむ」「つらむ」「ぬらむ」「つべし」「ぬべし」のかたちの場合、「つ」「ぬ」は強意の意味であることがほとんどです。

春の夕《くれ》たえなむとする香をつぐ　蕪村

帰りなむ春夕焼を壜に詰め　櫂《かい》未知子

「なむ」の用例です。蕪村の句は推量、未知子の句は意志を表し、ともに「きっと」という強い意味が込められています。次の和歌は、推量の「なむ」と意志の「なむ」がともに使われた例です。

いざ桜われも散りなむ《意志》ひとさかりありなば人に憂き目見えなむ《推量》（承均《そうく》法師『古今和歌集』）

口語訳　さあ桜よ。私も散ってしまおう。もう一盛りあったとしたら、かえって人にみじめな姿が見えることであろうから

この「なむ」とみかけが同じものに、助詞「なむ」があります。両者の混同はよく起こる誤りの一つですが、それについては、助詞「なむ」の項（二一四ページ）をご覧ください。

〈存続とは〉

「たり」は完了の助動詞ですが、そもそも「て」＋「あり」から生まれた語ですので、存続の意味

のほうがむしろ中心です。連用形＋「あり」から発生した「り」にも、同じことが言えます。存続とは、動作・作用が引き続き行われているという意味。また、動作・作用が終わってその結果が引き続き存在しているという意味です。

えごの花流れ込みたる田水かな　　三村　純也

吝嗇な縞の走れる西瓜かな　　坊城　俊樹

純也の句は「たり」、俊樹の句は「り」の用例。共に存続の意を示しています。「たり」と「り」の比較については、「り」の項（一八三ページ）でお話ししましょう。

〈「ぬ」の見分け方〉

完了の「ぬ」と打消の「ず」の連体形「ぬ」はみかけが同じですので、取り違えないよう注意しましょう。

問十一　次の「ぬ」を完了の助動詞「ぬ」と打消の助動詞「ず」に分類しましょう。

①　鈴懸も楢も芽吹きぬ牛つなぐ　　大澤《おおさわ》ひろし

②　礎は草に埋もれぬ雲の峰　　長谷川　櫂《かい》

③　霧しぐれ富士を見ぬ日ぞ面白き　　芭　蕉

④　一番星低きに出でぬ土佐水木　　　　奥坂　まや

⑤　水澄めりほろびぬ恋を胸に抱く　　　仙田　洋子

答十一　完了の「ぬ」＝①②④　　打消の「ず」＝③⑤

完了の助動詞「ぬ」は連用形接続、打消の助動詞「ず」は未然形接続です。①の「ぬ」の上の動詞「芽吹く」は四段活用です。四段活用は未然形と連用形の語尾のかたちが異なりますので、①の解答は容易です。②〜⑤については、「ぬ」の上の動詞が二段活用または一段活用ですので、句意から判断する必要があります。①②④は、中七で切れています。③⑤は上五で切れており中七座五は一続きとなっています。

〈「てよ」について〉

最後に、「つ」の命令形「てよ」についてです。

難波潟短き蘆の節の間も逢はでこの世をすぐしてよとや　　（伊勢『新古今和歌集』）

口語訳　難波潟の蘆の節と節との短い間のように短い逢瀬もなくてこの世を過ごしてしまえとおっしゃるのですか

この「てよ」は現代語の「〜（し）てよ」という口語とみかけはそっくりですが、異なるものです。

3 「けむ」 過去推量

A 子規の魂冬青空に遊びけむ　　舘野《たての》豊 **（終止形）**
B かんこ鳥木の股よりや生れけむ　　蕪村 **（連体形）**

〈ポイント〉 Bは、係助詞「や」の結びとして、連体形になっている。→二〇四ページ

〈活用表〉 四段型

語	未然形	連用形	終止形	連体形	已然形	命令形	接続
けむ			けむ	けむ	けめ		活用語の連用形

「けむ」は**過去推量（…タダロウ）の意味**を表します。連体形が文中に使われる場合は、**過去の伝聞・婉曲《えんきょく》の意味を表す**場合もあります。（これは「む」の場合と同様です。一四〇ページ参照）

〈過去推量は「けむ」で〉

過去推量の意味を表すために完了の助動詞「たり」の未然形に推量の助動詞「む」を付けた「た

らむ」を使用する句を見ますが、「たらむ」は過去推量の意とはなりません。

月の出でたらむ夜は、見おこせたまへ。（『竹取物語』）

口語訳 月の出ているような夜は月をご覧になってください。

これはかぐや姫が、月へ戻る際に残す言葉です。「出でたらむ」は、「出ていただろう」という過去推量の意は表しません。

この障子口にまろは寝たらむ。（『源氏物語』）

口語訳 この障子口に私は寝ていよう。

右は「空蟬」の一節で、空蟬の寝所へ源氏を手引きするために障子口に寝る小君の言葉です。「寝たらむ」は「寝ていただろう」という過去推量の意は表していません。過去推量は「けむ」で表すのが適切です。

4 「たし」希望

A　春愁の昨日死にたく今日生きたく　加藤三七子《みなこ》（**連用形**）
B　あるじよりかな女が見たし濃山吹　原　石鼎《せきてい》（**終止形**）
C　聴かせたき人の誰彼水鶏鳴く　藤本安騎生《あきお》（**連体形**）
D　苦瓜の小さき穴こそ棲みたけれ　正木ゆう子（**已然形**）

〈活用表〉　形容詞ク活用型

語	未然形	連用形	終止形	連体形	已然形	命令形	接続
たし	たから	たく たかり	たし	たき たかる	たけれ		動詞・助動詞「る」「らる」「す」「さす」などの連用形

「たし」は**希望（…タイ・…テホシイ）の意味**を表します。
「たし」を自分自身の行為についての意志について使う場合は「…たい」ですが、第三者の行為についての希望を表す場合は「…てほしい」の意味となります。

家にありたき木は、松、桜。（『徒然草』）

口語訳　家にあってほしい木は、松、桜。

III　終止形ほかに接続する助動詞

1　「らむ」「らし」「めり」「べし」推量

A　ぽろぽろと落つる実梅をつかむべく　岩田由美　**（連用形）**

B　鰯雲故郷の竈火いま燃ゆらん　金子兜太《とうた》　**（終止形）**

C　くちづけや月明に雪積もるらし　中西夕紀　**（終止形）**

D　さびしさに花さきぬめり山ざくら　蕪村　**（終止形）**

E　花あれば西行の日とおもふべし　角川源義《げんよし》　**（終止形）**

F　水温むとも動くものなかるべし　加藤楸邨　**（終止形）**

G　新豆腐穏やかに言ふべきは言ふ　中田尚子　**（連体形）**

H　露草の露こそ珠といふべけれ　広渡敬雄　**（已然形）**

〈活用表〉「らむ」は四段型・「らし」は特殊型・「めり」はラ変型・「べし」は形容詞ク活用型

語	未然形	連用形	終止形	連体形	已然形	命令形	接続
らむ			らむ	らむ	らめ		活用語の終止形、ラ変型には連体形
らし			らし	らし（らしき）	らし		
めり		めり	めり	める	めれ		
べし	べく べけ べから	べく べかり	べし	べき べかる	べけれ		

〈「る」に注意〉

「らむ」「らし」「めり」「べし」は終止形に接続します。ラ変型の活用語に接続する場合は、連体形接続となります。

二段活用等に「らむ」「らし」「めり」「べし」を付ける場合に、「×消ゆるらむ」「×恥づるべし」など、「る」を入れて連体形接続にする誤りが見られます。（六八〜七〇ページ参照）

〈「らし」「べし」の活用〉

前ページの表にも見られるように、**「らし」は語形変化のない助動詞**です。（連体形の「らしき」は係助詞の結びとして上代において使われたのみ。）

「らし」は「し」で終わりますので、形容詞型の活用をすると勘違いされがちですが、「らしから」「らしかり」「らしかる」「らしけれ」などのかたちにはなりません。

次に「べし」ですが、未然形「べく」は下に「は」が付いて「べくは」となる場合に使われます。（ただし、これを連用形と見る説もあります。）また、未然形「べけ」は主として「べけむ（や）」のかたちで、平安時代には漢文訓読文の中で用いられました。

連用形「べかり」で終わっている句をまれに見ますが、「べかり」は下に助動詞が付く場合に使われるかたちです。言い切る際は終止形「べし」が適切です。言いさしのかたちで余情を残すために連用形で終えたい場合も、補助活用「べかり」ではなく、本活用「べく」を使いましょう。

〈「らむ」「らし」「めり」「べし」の意味〉

「らむ」「らし」「めり」「べし」は大きくは推量という意味の範疇《はんちゅう》に属するのですが、それぞれに独自の意味を持っています。

「らむ」は**現在推量（…テイルダロウ）**、**原因推量（ドウシテ…ノダロウ・…テイルノダロウ）**、**婉曲・伝聞（…トイウ・…ソウダ・…ヨウナ）の意味**を表します。

現在推量とは、眼前にない現在の事柄を推量するものです。

憶良らは今は罷らむ子泣くらむそれその母も我を待つらむそ　（山上憶良『万葉集』）

口語訳　憶良めは今は退出しましょう。子供が泣いているでしょう。その母も私を待っているでしょう

私の帰りを待つ家族は今頃……と推量しているもので、宴席を退出する際（宴席を終了する際という説もあります）の歌。ちなみに「罷らむ」の「らむ」は「罷る」の未然形語尾「ら」＋意志の助動詞「む」で、現在推量の助動詞「らむ」ではありません。

鰯雲故郷の竈火いま燃ゆらん　金子兜太

右の兜太の句も遠く離れた故郷を遥かに思いやる心が助動詞「らむ」によってよく表されています。

次に原因推量の「らむ」ですが、これは、現在体験している事柄について、その原因や理由を推量するものです。この場合は「など」「いかで」などの疑問詞を多くともないます。

明けぬとて今はの心つくからになど言ひしらぬ思ひ添ふらむ　（藤原国経『古今和歌集』）

口語訳　夜が明けてしまうということで「今はもう」という心と同時に、なぜ、言いよう

もない思いが寄り添うのだろう

婉曲・伝聞の「らむ」は次のようなものです。

鳥は、異所のものなれど、鸚鵡いとあはれなり。人のいふらん事をまねぶらんよ。

（『枕草子』）

口語訳　鳥は、外国のものではあるが、鸚鵡が趣が深い。人のいうようなことをまねをするということだよ。

「らし」は**推定（…ニチガイナイ・…ラシイ）の意味**を表します。確信を持って推量する場合に用いられますので、「らむ」と違って、疑問詞をともなうことはまれです。多くの場合、推定の根拠が示されます。

この河にもみぢ葉流る奥山の雪消の水ぞ今まさるらし

（よみ人しらず『古今和歌集』）

口語訳　この河に紅葉の葉が流れている。奥山の雪解けの水が今まさに増えているらしい

眼前の河に流れている紅葉の葉を根拠として、奥山の雪解けの情景を推定した歌です。この歌の「らし」は係助詞「ぞ」の結びですので、連体形の用例です。

推定の根拠が明示されない次のような場合も、自明の理という思いが込められていると考えられ

ます。

験なきものを思はずは一坏の濁れる酒を飲むべくあるらし　（大伴旅人『万葉集』）

口語訳　甲斐のないもの思いなどしないで、一杯の濁り酒を飲むべきであるらしい

「めり」は**推量（…ヨウダ・…ヨウニミエル）**、**婉曲（…ヨウダ）の意味**を表します。

「めり」の語源は「見」＋「あり」だと言われており、視覚によって推量する場合に多く使われます。（八五ページ参照）一七六〜一七七ページでお話しする「なり」は聴覚によって推定する場合に多く使われますので、一対にして覚えると良いでしょう。

推量の「めり」は次のようなものです。

人々は帰したまひて、惟光朝臣とのぞきたまへば、ただこの西面にしも持仏するゐたてまつりて行ふ、尼なりけり。簾少し上げて、花奉るめり。　（『源氏物語』）

口語訳　供の人たちをお帰しになって、惟光朝臣《これみつのあそん》とお覗《のぞ》きになると、すぐこちらの西面の部屋に持仏をお据え申し上げて勤行《ごんぎょう》をしている、それは尼であったことだ。簾を少し上げて、花をお供えするようだ。

源氏が、後の紫の上となる少女を垣から覗く「若紫」の一節。「尼」は少女の祖母です。この後、少女を見て、「尼君の見上げたるに、少しおぼえたるところあれば、子なめりと見たまふ。」また、

そば仕えの女房を見て「髪ゆるるかにいと長く、めやすき人なめり。」と、「めり」が続き、垣間見《かいまみ》らしい表現となっています。

婉曲の「めり」は次のようなものです。

燕子産まむとする時は、尾をさゝげて七度めぐりてなん、産みおとすめる。（『竹取物語』）

口語訳　燕が子を産もうとするときは尾を差し上げて七度廻って産み落とすようです。

「べし」は、**道理や論理的必然性、客観的状況からそうなるのが当然と判断される**というのが基本的な意味です。

推量（キット…ダロウ）、意志（…スルツモリダ・…ヨウ）、可能（…デキル）、当然（…ハズダ・…ネバナラナイ）、命令（…セヨ）、適当（…ガヨイ）、予定（…コトニナッテイル）などの意味（「スイカトメテヨ（西瓜止めてよ）」という語呂《ごろ》合わせで覚える方法があります）は、文脈に応じて分化するものです。

それでは問題です。

問十二　次の①〜⑦の「べし」は推量、意志、可能、当然、命令、適当、予定のいずれにあたるでしょうか。

①東の方に住むべき国求めにとて行きけり。

②毎度たゞ得失なく、この一矢に定むべしと思へ。
③子になりたまふべき人なめり。
④その山見るにさらに登るべきやうなし。
⑤あな、いみじ。犬を蔵人二人して打ちたまふ。死ぬべし。
⑥これは汝がもとどりと思ふべからず。主《しゅう》のもとどりと思ふべし。
⑦住む館より出でて、船に乗るべき所へ渡る。

答十二　①適当（東国の方に、住むのにふさわしい国を求めるために、と思って行った。）　（『伊勢物語』）
②意志（的に向かうごとに、当たりはずれにとらわれず、ただこの一矢で決めようと思え。）　（『徒然草』）
③当然（子におなりになるはずの人のようです。）　（『竹取物語』）
④可能（その山を見ると、まったく登れそうな方法がない。）　（『竹取物語』）
⑤推量（まあ、大変だ。犬を蔵人が二人で打ちなさる。きっと死ぬでしょう。）　（『枕草子』）
⑥命令（これはおまえのもとどりと思ってはならない。主人のもとどりと思え。）　（『平家物語』）

⑦予定（住んでいる館から出て、船に乗ることになっている所へ行く。）

（『土佐日記』）

〈「む」「らむ」「けむ」の関係〉

「む」「けむ」に続き、「らむ」が出てきましたので、表にして整理しておきましょう。

語	働き	接続
む	未来の事柄・不確かな事柄を推量する	未然形
らむ	現在の事柄を推量する	終止形
けむ	過去の事柄を推量する	連用形

〈「らし」と「らしい」の違い〉

「らし」と似た現代語の助動詞に、「らしい」があります。両者には、意味の似た部分もありますが、直接つながる語ではないと考えられています。「らし」と「らしい」については、活用の仕方の違い・接続の仕方の違いという二つの相違点を覚えましょう。

まず活用の仕方についてです。

語	未然形	連用形	終止形	連体形	仮定形	命令形	接続
らしい		らしく らしかっ	らしい	らしい	らしけれ		体言、動詞・形容詞・助動詞の終止形、形容動詞の語幹

「らしい」は右のように活用しますが、**「らし」は前述のように語形変化しない語です。「らしい」の活用に引きずられた活用の誤りが起こらないよう注意**する必要があります。

次に接続についてですが、「らしい」は次のように体言（名詞）の下に付くことができます。

木の陰にいるのはあの男らしい。

しかし**「らし」は動詞型の活用をする語の終止形（ラ変型の場合は連体形）にだけ接続し、体言（名詞）の下には接続しません。**文語で「×あの男らし」とは言えないのです。

余談ですが、現代語には、助動詞とは別の「らしい」もあります。

あなたはたいそう男らしい人だ。

こちらの「らしい」は助動詞ではなく、接尾語です。

2 「まじ」 打消推量

A 母死なすまじく拳を握り冬　遠藤若狭《わかさ》男《お》　**（連用形）**

B あせるまじ冬木を切れば芯の紅　香西《こうざい》照雄　**（終止形）**

C いふまじき言葉を胸に端居かな　星野　立子　**（連体形）**

〈活用表〉 形容詞シク活用型

語	未然形	連用形	終止形	連体形	已然形	命令形	接続
まじ	まじく まじから	まじく まじかり	まじ	まじき まじかる	まじけれ		活用語の終止形、ラ変型には連体形

「まじ」は終止形に接続します。ラ変型の活用語に接続する場合は連体形接続となります。現代語の助動詞「まい」の接続に引きずられて、接続の誤りが起こることがありますが、これについては後述します。

未然形「まじく」は下に「は」が付いて「まじくは」となる場合に使われます。（これを未然形ではなく、連用形と見る説もあります。）

終止する際は「まじ」です。「らし」および「べし」についても同様のことをお話ししましたが、言いさして連用形で終わる場合は「まじかり」で言い切るのは不適切で、「まじく」を使います。

「まじ」は**打消推量（…ナイダロウ・…マイ）の意味**を表しますが、「べし」の否定形といっていい語ですので、**打消意志（…ナイツモリダ・…マイ）**、**打消当然・禁止（…テハナラナイ）**、**不可能の推量（…デキソウモナイ）**など、文脈に応じて意味が分化します。

それでは問題です。

問十三　次の①〜④の「まじ」は打消推量、打消意志、打消当然・禁止、不可能の推量のいずれにあたるでしょうか。

①雀などのやうに常にある鳥ならば、さも覚ゆまじ。

②人はたゞ無常の身に迫りぬることを心にひしとかけて、束の間も忘るまじきなり。

③たはやすく人寄り来まじき家を作りて、

④さらにその田などやうの事は、ここに知るまじ。

答十三　①打消推量（雀などのようにいつもいる鳥ならば、そうも思わないだろう。）

（『枕草子』）

②打消当然・禁止（人はただ無常というものが自分の身に迫っていることを心にしっ

かり留めて、わずかの時もそのことを忘れてはならないのである。）（『徒然草』）

③不可能の推量（簡単には人が近寄ってくることができそうにない家を作って、）（『竹取物語』）

④打消意志（まったくその荘園の田などのことについては、こちらは関知しないつもりだ。）（『源氏物語』）

俳句で多く見られるのは打消意志の用例です。

〈「まじ」の接続〉

次に、「まじ」の接続についての問題です。

問十四　文語形の動詞「受く」に「まじ」を接続する際に適切なものを、次の①～④より番号で選びましょう。

①受けまじ　②受けるまじ　③受くるまじ　④受くまじ

答十四　④

「まじ」は終止形に接続しますので、「受くまじ」が正しい用法です。が、「×受けまじ」（未然形接続)、「×受くるまじ」(連体形接続)などの誤りが見られるのはなぜでしょうか。

そもそも「まじ」の接続の乱れは、中世以降徐々に生じるようになったもので、未然形に接続する例は、中でも多く見られるものです。(「×受けまじ」「×せまじき」「×厭はまじ」など動詞の未然形に付いた例、「×切られまじ」など助動詞の未然形に付いた例などがそれにあたります。)

また、現代語で「受くまじ」にあたる表現を「まい」(「まじ」から「まじい」を経て生まれた助動詞)を使って表そうとすると、「受けまい」(未然形接続)となります。「×受けまじ」というパターンの誤りが起こるのは、「まい」の接続からの類推によるものかと思われます。

〈「む」「じ」「べし」「まじ」の関係〉

「む」「じ」「べし」「まじ」の関係を簡単な図にしておきましょう。

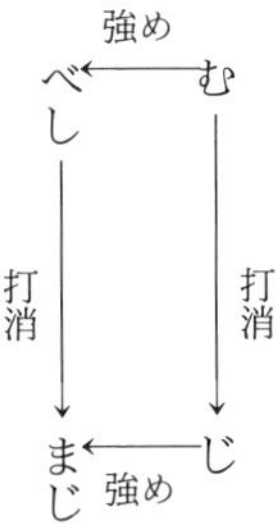

「む」「じ」が主観的であるのに対し、「べし」「まじ」はより客観的な立場で確信を持つという意味で強い表現といえます。

3 「なり」 伝聞・推定

A 花栗に男もすなる洗ひ髪　飯田龍太　**（連体形）**
B 春闌けてきて鈴を振る音すなり　中田剛　**（終止形）**

〈活用表〉 ラ変型

語	未然形	連用形	終止形	連体形	已然形	命令形	接続
なり		なり	なり	なる	なれ		活用語の終止形、ラ変型には連体形

伝聞・推定を表す「なり」は終止形に接続します。次項にお話しする断定の「なり」は連体形、体言などに接続しますので、使い分けに気を付けてください。

「めり」の語源について「見」＋「あり」という説を紹介しましたが、「なり」には「音《ね》」＋「あり」という説があります。（八五ページ参照）

「なり」は**伝聞（…トイウ・…ソウダ）**、**推定（…ヨウダ・…ラシイ）の意味**を表します。

伝聞とは、人から伝え聞いたという意を表します。龍太の句がその用例。

推定は、「なり」の場合は、聴覚に基づくものが基本です。剛の句は、聞こえてくる音によって鈴の音だと推定しているわけです。

余談ながら、この「なり」は、近世においては、伝聞・推定の意味ではなく、詠嘆の意味に解されるのが一般的でした。本居宣長の『古今集遠鏡《とおかがみ》』では、「春くれば鴈かへるなり、人まつ蟲の声すなり、などの類のなりは、あなたなる事を、こなたより見聞きていふ詞なれば、これは、アレ雁ガカヘルワ、アレ松蟲ノ声ガスルワなど訳すべし」と述べられています。

これに疑義を提出し、伝聞・推定説を唱えたのは松尾捨治郎で、昭和十一年刊の『国語法論攷《ろんこう》』に詳しく記されています。そののち、論争を経て、現在では伝聞・推定説がほぼ定説となっています。近世の作品に使われている「なり」を理解する際には、こういう経緯をふまえて、注意を払う必要があります。

4 「なり」「たり」 断定

A　わが死後の青空ならむ朴の花　石嶌　岳　**（未然形）**
B　悪女たらむ氷ことごとく割り歩む　山田みづえ　**（未然形）**
C　外套の裏は緋なりき明治の雪　山口　青邨　**（連用形）**
D　ヴィナスたりかつ一塊の冬の石　有馬　朗人　**（終止形）**

E　蟷螂の露まみれなる眼かな　　稲田　眸子《ぼうし》　（連体形）
F　囀りの一羽なれどもよくひびき　　深見けん二　（已然形）
G　母長寿たれ家裾に冬の草　　大野　林火　（命令形）

〈活用表〉「なり」は形容動詞ナリ活用型・「たり」は形容動詞タリ活用型

語	未然形	連用形	終止形	連体形	已然形	命令形	接続
なり	なら	なり に	なり	なる	なれ	なれ	体言、活用語の連体形、副詞、助詞
たり	たら	たり と	たり	たる	たれ	たれ	体言

「なり」は**断定（…ダ・…デアル）**、**所在（…ニアル・…ニイル）の意味**を表します。右の表の「なり」の用例はすべて断定の例。所在を表すのは次のような場合です。

水際なる蘆の一葉も紅葉せり　　高浜　虚子

「たり」は**断定（…ダ・…デアル）の意味**を表します。「なり」のような幅広い接続の仕方ではなく、体言にしか付きません。

〈伝聞・推定の「なり」と断定の「なり」〉

断定の「なり」と混同されがちな助動詞に、伝聞・推定の「なり」があります。二つの「なり」は接続の仕方が異なりますので、使い分けに注意しましょう。

断定の「なり」は連体形や体言などに、伝聞・推定の「なり」は終止形に接続します。二段活用やサ行変格活用などに接続する場合、「なり」の上に付く動詞から「る」が脱落すると（あるいは不必要な「る」が入ると）、読み手には「なり」の意味が異なって理解されてしまいます。

それでは、問題です。

問十五　次の文中から助動詞「なり」を抜き出し、伝聞の「なり」か、断定の「なり」かを明らかにした上で、口語訳しましょう。

男もすなる日記といふものを、女もしてみむ、とて、するなり。

答十五　「すなる」…伝聞　「するなり」…断定

口語訳　男も書くと聞いている日記というものを、女の私も書いてみよう、と思って、書くのである。

右は『土佐日記』の冒頭部分。紀貫之《きのつらゆき》が自らを女性に仮託している有名な箇所です。「なり」の接続の使い分けが分からなくなったときは、この文を思い出してください。

〈断定の「たり」と完了・存続の「たり」〉

断定の「たり」と混同されがちな助動詞に、完了・存続の「たり」があります。完了・存続の「たり」は連用形接続ですので、正しく使い分けましょう。

ヴィナスたりかつ一塊の冬の石　有馬　朗人
えごの花流れ込みたる田水かな　三村　純也

「ヴィナスたり」は断定の「たり」。「×ヴィナスでいる」ではなく、「ヴィナスである」。「流れ込みたる」は完了・存続の「たり」。「×流れ込むのである」ではなく、「流れ込んでいる」の意です。

5　「ごとし」「ごとくなり」　比況

A　てぬぐひの如く大きく花菖蒲　岸本　尚毅　**（連用形）**
B　抱擁を解くが如くに　冬の濤　加藤三七子　**（連用形）**

C　雪の日暮れはいくたびも読む文のごとし　　飯田　龍太　**（終止形）**
D　犬ふぐり星のまたたく如くなり　　高浜　虚子　**（終止形）**
E　港春しばらく猫のごとき雨　　平井　照敏　**（連体形）**
F　暮の春仏頭のごと家に居り　　岡井　省二　**（語幹相当用法）**

〈ポイント〉　F「ごと」は語幹相当用法。

〈活用表〉「ごとし」は形容詞ク活用型・「ごとくなり」は形容動詞ナリ活用型

語	未然形	連用形	終止形	連体形	已然形	命令形	接続
ごとし		ごとく	ごとし	ごとき			活用語の連体形、助詞「の」「が」
ごとくなり	ごとくなら	ごとくなり ごとくに	ごとくなり	ごとくなる	ごとくなれ	ごとくなれ	

「ごとし」は連体形や「の」「が」に接続します。中世以降は直接体言に付く例も現れます。（次ページの用例参照）

「ごとし」は形容詞型の活用をしますが、「×**ごとかる**」「×**ごとかり**」**など、補助活用（カリ活用）にあたるものはありません。**

「ごとし」は**比況（…ヨウダ）**・**例示（…ヨウダ）の意味**を表します。例に掲出した句はすべて比況です。例示を表すのは次のような例です。

和歌・管弦・往生要集ごときの抄物を入れたり。（『方丈記』）

口語訳 和歌・管絃・往生要集のような抄物を入れている。

「ごとくなり」は「ごとし」の連用形に「なり」が付いてできた語。「ごとし」にはない補助活用の用法を補うためにできたもので、意味上の相違はありません。

また、「ごとし」と似た助動詞として、「やうなり」があります。「ごとし」が主として漢文訓読系の文章に用いられるのに対して、「やうなり」は和文で使われるものです。俳句での用例も多くあります。

雁ひくく窪のやうなる町を過ぐ　藤田　三郎

大粒の涙のやうに木の実落つ　石田　郷子

6 「り」 完了

A　重陽の菊と遊べる子どもかな　　日原　傳　**（連体形）**
B　木の揺れが魚に移れり半夏生　　大木あまり　**（終止形）**
C　泡立草博物館を包囲せり　　浦川　聡子　**（終止形）**

〈活用表〉　ラ変型

語	未然形	連用形	終止形	連体形	已然形	命令形	接続
り	ら	り	り	る	れ	れ	四段の命令形、サ変の未然形

「り」は**完了（…タ・…テシマウ）**、**存続（…テイル・…テアル）の意味**を表します。同様の意味を持つ助動詞に「たり」があります。「たり」は「り」より接続できる動詞の種類が多いため、しだいに「たり」が多く使われるようになっていきました。

「り」は四段活用の命令形（已然形とも）・サ変の未然形に接続します。第一章のⅢ「品詞」の項でお話しした誤りの例、

×貝殻を波間に捨てり春の暮

で使われている動詞「捨つ」は下二段活用です。それゆえ、「り」が接続することはないのです。

さて、「り」がなぜ四段活用には命令形（已然形とも）に、サ変には未然形にという変則的接続になるかについてはすでにお話ししました。（八五〜八六ページ参照）。その時に書き残したこと――四段活用では、命令形と已然形のかたちの上での区別はないのに、「り」は命令形接続と説明されることが多いわけ――について、お話ししましょう。

〈**上代特殊仮名遣いと「り」**〉

上代の万葉仮名の中には、後代の平仮名・片仮名では書き分けられない仮名の使い分けが存在しました。キヒミケヘメコソトノヨロモ（「モ」は『古事記』のみ）及び、ギビゲベゴゾドに、それぞれ甲類・乙類の二種類の使い分けが見られたのです。これを上代特殊仮名遣いと呼びます。

この使い分けによれば、四段活用の已然形には乙類の仮名が、命令形には甲類の仮名が用いられました。助動詞「り」は甲類の仮名に接続していましたので、命令形接続とされるわけです。中古には、上代特殊仮名遣いはなくなりましたが、上代に準じて命令形接続と説明されるということなのです。

第六章　助　詞

助詞とは

助詞は活用しない付属語で、自立語や他の付属語の下に付き、関係を示したり意味を添えたりする語です。『去来抄』の一節を引いてみましょう。

凩に二日の月のふきちるか　荷兮
凩の地にもおとさぬしぐれ哉　去来

去来曰、「二日の月といひ、吹ちるかと働たるあたり、予が句に遥か勝れりと覚ゆ」。先師曰、「兮が句は二日の月といふ物にて作せり。其名目をのぞけばさせる事なし。汝が句は何を以て作したるとも見えず、全躰の好句也。たゞ地迄とかぎりたる迄の字いやし」とて、直したまへり。初は地迄おとさぬ也。

この句については、支考の『葛の松原』にも、芭蕉が「迄といへる文字は未練の叮嚀なれば」と評したとあり、「迄」では、説明が過ぎるのを嫌ったものと見られています。助詞を入れ替えただけで、句の趣は一変してしまいました。助詞は、短い型式の文芸である俳句の表現の鍵《かぎ》を握るものの一つなのです。

助詞は、**Ⅰ格助詞　Ⅱ接続助詞　Ⅲ係助詞　Ⅳ副助詞　Ⅴ終助詞　Ⅵ間投助詞**　の六つに分類できます。本書で取り上げる助詞の働きと所属は次のとおりです。

〈助詞の分類〉

格助詞……体言またはそれに準ずる語に付く。その語が他の語に対してどのような資格かを示す。
例　の・が／つ・な／に・へ／を／と／より・ゆ・から／にて・して
接続助詞……用言またはそれに準ずる語に付く。上の叙述と下にくる叙述の接続の関係を示す。
例　ば・とも・と・ど・ども／が・に・を／して・で・て・つつ・ながら
係助詞……種々の語に付く。上の語を提示し、文の結び方に影響を与えるなどする。
例　は・も／ぞ・なむ・や・か・こそ
副助詞……種々の語に付く。上の語に意味を加え、下の用言を修飾する。
例　だに・すら・さへ／し・しも／のみ・ばかり・まで・など・なんど
終助詞……種々の語に付く。文末に付き、意味を加える。
例　な・そ／ばや・な・なむ・もがも・もがな／か・かな・かも・も／かし・な
間投助詞……種々の語に付く。文中や文末に付いて意味を加えたり調子を整えたりする。
例　や・よ

Ⅰ　格助詞

格助詞の格とは、他の語に対して持つ資格のことです。主格・連体修飾格・連用修飾格などがあります。

1　「の」「が」

A　忘年や身ほとりのものすべて塵　　桂　信子　（**連体修飾格**）
B　長き夜の汝が名を父もまだ知らず　　大串　章　（**連体修飾格**）
C　すこしづつ風のさらへる今年藁　　石田　勝彦　（**主格**）
D　春暁の我が吐くものゝ光り澄む　　石橋　秀野　（**主格**）
E　陽炎や名もしらぬ虫の白き飛《とぶ》　　蕪　村　（**同格**）
F　白葱のひかりの棒をいま刻む　　黒田　杏子　（**比喩**）

連体修飾格・主格を示すのが、「の」「が」の主な働きです。現代では、主として「の」が連体修飾格を、「が」が主格を分け持っていますが、文語ではともに、連体修飾格・主格を示します。

「の」は体言、形容詞・形容動詞の語幹、副詞、助詞、助動詞に接続します。「が」は体言、活用語の連体形に接続します。

主格は連体修飾格から派生したとされる用法で、**「の」「が」を受ける述語は言い切りにならないのが原則**です。

すこしづつ風のさらへる今年藁　　石田　勝彦

春暁の我が吐くもの ゝ 光り澄む　　石橋　秀野

現代語では「が」は「私が行く。」のごとく言い切りになります。「が」のこの用法は中古末期頃から発生し、中世末に完成しました。

あたゝかな雨が降るなり枯葎　　正岡　子規

羽子板の重きが嬉し突かで立つ　　長谷川かな女

「の」にも中古仮名文の一部や近世において言い切り文の主格として使われた例が見られますが、こちらは現代語としては発達しませんでした。

「の」「が」には、他に、準体格を示す働きもあります。準体格は体言相当になる用法。「これはあなたのですか?」など、現代語にも使われます。
「の」には、同格を示す働き・比喩《ひゆ》の働きもあります。

陽炎や名もしらぬ虫の白き飛《とぶ》　蕪村

同格の「の」の上下は同じものを指しますので、「名も知らぬ虫で白い虫が」のように下に同じ語を補って理解します。

白葱のひかりの棒をいま刻む　黒田杏子

右は比喩の例。白葱《しろねぎ》のみずみずしさ・つややかさが簡潔に言い留められています。

2 「つ」「な」

A　わだつみに物の命のくらげかな　高浜虚子
B　春風や子安の塔をまなかひに　高浜年尾

「つ」「な」は上代語で、平安時代には特定の単語に用いられるのみです。「天つ神」「沖つ藻」「まなかひ」「たなごころ」のごとく、体言が体言を修飾する際に使われます。現代語の中にも、「まつげ」「わだつみ」などの固定したかたちで残存しています。

3 「に」「へ」

A　てっぺんにまたすくひ足す落葉焚　　蘭草　慶子
B　春の水岸へ岸へと夕かな　　原　石鼎

「に」「へ」は連用修飾格を示します。「に」は体言、活用語の連体形に付きます。目的・強意を表す場合は連用形に付きます。(一九二〜一九三ページ参照)「へ」は体言に付きます。

「に」は、**一点を限定して示すのが基本の働き**です。「へ」**は**名詞「辺」から転成したとされる語で、そもそもは遠くへ向かっていく意。**移動の意を持つ動詞と共に使われ、目標・方向を示す働き**をします。「に」が動作の帰着点を表すのと対照的です。

てっぺんにまたすくひ足す落葉焚　　蘭草　慶子

右の句では、「に」が効果的に使われています。「に」の持つ限定の働きによって視点が絞られ、焚《た》かれている落葉のさまが足下に見えるのです。「てっぺんへ」では、焚火の大きさや位置、ありさまがぼやけてしまいます。

一方、次の句は、「へ」が効果的に使われた例です。

春の水岸へ岸へと夕かな　　原　石鼎

「へ」によって、水全体の広がりとその動きが見えてきます。「岸に」であれば、水の動きよりも岸という帰着点に視点が絞られるため、景が小さくなってしまいます。

〈「に」のさまざまな用法〉

「に」には、一点を限定するという意から生まれたさまざまな用法があります。

ものの芽にはじまる山の光かな　　小林千《ち》史《ふみ》　　場所を示す
椿の実真昼に母を死なしめて　　冨田正吉《まさよし》　　時を示す
蟬時雨子は担送車に追ひつけず　　石橋秀野　　動作の対象を示す
松風の奥にわらびを摘みにゆく　　山本洋子　　動作の目的を示す
筍に妻に呼びつけられにけり　　千葉皓史　　受身の相手を示す
ひと吹きの風にくもりて蘆の花　　山上樹《き》実雄《みお》　　原因・理由を示す
胡蝶にもならで秋ふる菜虫哉　　芭蕉　　変化の結果を示す
解く帯の水音に似て竹落葉　　児玉輝代　　比較の基準を示す

笑ひたるあと秋風の吹きに吹き　　岸田　稚魚　　強意を示す

4 「を」

A　九十の端《はした》を忘れ春を待つ　　阿部みどり女　　（動作の対象）
B　吹きおこる秋風鶴をあゆましむ　　石田　波郷　　（使役の対象）
C　雲の峰一人の家を一人発ち　　岡本　眸　　（動作の起点）
D　炎天を槍のごとくに涼気過ぐ　　飯田　蛇笏　　（通過する場所）
E　元日をかるくをり雲浮くごとく　　森　澄雄　　（経過する時）

「を」は、体言、活用語の連体形に付く語で、連用修飾格を示します。**動作・作用の対象を示すのが基本の働き**です。そこから右のようなさまざまな用法が生まれます。

通過する場所・経過する時を表す「を」は、広がりを感じさせる助詞です。仮にD・Eの上五が「炎天に」「元日に」であったらどうでしょうか。炎天の大いなるさま・元日の悠揚たる感覚を表現するために「を」は大切な役割を果たしているのです。

5 「と」

A うつくしきあぎととあへり能登時雨　飴山《あめやま》　實《みのる》　（動作の相手）

B 遠くまで行く秋風とすこし行く　矢島　渚男　（共同者）

C をさなくて昼寝の国の人となる　田中　裕明《ひろあき》　（変化の結果）

D 翁かの桃の遊びをせむと言ふ　中村　苑子　（引用）

E 雪催ふ琴になる木となれぬ木と　神尾久美子　（並列）

F 冬日濃しなべて生きとし生けるもの　高浜　虚子　（強意）

「と」は連用修飾格・並列を示します。体言、活用語の連体形に付く語ですが、引用の場合はDのように、文（及び文相当の語句）にも付きます。強意の場合はFのように連用形に付きます。

泳ぎつつ夢を見むとてうらがへる　大屋　達治

右の「とて」は格助詞「と」と接続助詞「て」が複合して一語化した格助詞で、この接続の仕方もDと同様です。

6 「より」「ゆ」「から」

A　艸の葉を落るより飛《とぶ》螢哉　芭　蕉　（すぐさま）
B　摩天楼より新緑がパセリほど　鷹羽　狩行　（場所の起点）
C　暑き日の朝より杭と草の影　寺島ただし　（時の起点）
D　猫の妻へつひの崩れより通ひけり　芭　蕉　（通過する場所）
E　イエスよりマリアは若し草の絮　大木あまり　（比較の基準）
F　月高くなりて膝から離れぬ子　名取　里美　（場所の起点）
G　昨日から木となり春の丘に立つ　中村　苑子　（時の起点）
H　月ゆ声あり汝《な》は母が子か妻が子か　中村草田男　（場所の起点）

「より」「ゆ」「から」は連用修飾格を示す語で、体言、活用語の連体形などに付きます。「より」「から」のさまざまな用法については、右をご覧ください。Dは築地《ついじ》の崩れから通った『伊勢物語』第五段の話をもじったものです。

「ゆ」は起点や通過する場所などを表し、上代に多く使われた語です。Hは起点の用例、次の赤人の歌は通過する場所の用例です。

田子の浦ゆ打ち出でて見れば真白にそ富士の高嶺に雪は降りける　（山部赤人『万葉集』）

口語訳　田子の浦を通って眺望の良いところに出て見はるかすと、真っ白に富士の高嶺に雪は降りつもっていることだ

7　「にて」「して」

A　渚にて金澤のこと菊のこと　　田中　裕明　**（場所）**
B　毛布にてわが子二頭を捕鯨せり　　辻田《つじた》　克巳《かつみ》　**（手段）**
C　若葉して御めの雫ぬぐはばや　　芭　蕉　**（手段）**
D　二人してむすべば濁る清水哉　　蕪　村　**（共同者）**

「にて」「して」は連用修飾格を示します。「にて」は体言、活用語の連体形に付き、「して」は体言、活用語の連体形、助詞に付きます。

Aの上五は連用修飾格ですが、それが修飾する用言が示されないかたちです。「金澤のこと菊のこと」までは示されるのですが、それをどうするのか、それがどうであるのかという用言が示されません。そのことによってふくらみが生まれている句です。

手段を表す「して」「にて」は、「でもって」の意です。

II　接続助詞

接続助詞は、上の叙述と下にくる叙述の接続の関係（順接・逆接・単純な接続など）を示す働きをします。

1　「ば」「とも」「と」「ど」「ども」

A　歩行《かち》ならば杖つき坂を落馬哉　芭　蕉　**（順接仮定条件）**
B　子を負へば涼しき月を負ふごとし　上田日差子　**（順接確定条件）**
C　夕焼けのホースたどれば必ず父　今井　聖　**（恒常条件）**
D　振向かずとも草笛の主わかる　森田　峠《とうげ》　**（逆接仮定条件）**
E　故郷や酒はあしくとそばの花　蕪　村　**（逆接仮定条件）**
F　月祀る何もなけれど窓浄く　岩田　由美　**（逆接確定条件）**
G　白牡丹といふといへども紅ほのか　高浜　虚子　**（逆接確定条件）**

「ば」は活用語の未然形と已然形に付きます。未然形に付く場合は順接の仮定条件（〜なら）を表します。已然形に付く場合は順接の確定条件（〜ので・〜と）及び、恒常《こうじょう》条件（〜するといつも）を表します。

「とも」「と」は逆接の仮定条件（〜であるとしても）を表します。動詞・形容動詞の終止形、動詞型・形容動詞型の助動詞の終止形に付きます。（中古末期頃からは連体形にも接続するようになりました。）また、形容詞・形容詞型の助動詞の連用形、「ず」の連用形にも付きます。

「ど」「ども」は逆接の確定条件（〜であるけれども）、逆接の恒常条件（〜でもいつも）を表します。活用語の已然形に接続します。

2　「が」「に」「を」

A　御手打の夫婦なりしを更衣　　蕪村

B　繭玉の歩かぬに揺れ歩き揺れ　　綾部　仁喜

「が」「に」「を」は単純な接続・逆接の確定条件・順接の確定条件など、文脈に応じてさまざまな用法が存在します。右の例は逆接の確定条件の例で、俳句にはこの用例が多いようです。

「が」「に」「を」は、それぞれ格助詞の「が」「に」「を」から生まれたもの（「を」は間投助詞「を」からという説も）といわれており、活用語の連体形に接続します。

「が」の用例は次のとおりです。

長門の前司といひける人の女《むすめ》二人ありけるが、姉は人の妻にてありける。（『宇治拾遺物語』）

口語訳　長門の前司といった人の娘が二人いたが、姉は人妻であったことだ。

3　「して」「で」「て」「つつ」「ながら」

A　春風や堤長うして家遠し　　蕪　村　**（順接）**
B　ためらはで剪る烈風の牡丹ゆゑ　殿村菟絲子《とのむらとしこ》　**（打消接続）**
C　流星や干してかさばる糠袋　鳥居美智子　**（順接）**
D　スケートの両手ただよひつつ止まる　森賀　まり　**（動作の並行）**
E　桐一葉日当りながら落ちにけり　高浜　虚子　**（動作・状態の並行）**
F　月はやし梢は雨を持《もち》ながら　芭　蕉　**（逆接確定条件）**

「して」は単純な接続に使われますが、文脈に応じて順接・逆接などの意味を持ちます。形容詞・形容動詞の連用形、形容詞型・形容動詞型の助動詞の連用形、「ず」の連用形に接続します。

「で」は、打消接続の働きをします。活用語の未然形に接続します。

「て」は助動詞「つ」の連用形から生まれたものといわれています。文脈に応じて順接にも逆接にも単純な接続にも使われます。活用語の連用形に接続します。「て」は上の語の音便化にともなって濁音化することがあります。

春の雪一片とんで唇に　　高田正子

蟻地獄跨いで一つ齢をとる　　大島雄作

正子の句は撥音便《はつおんびん》、雄作の句はイ音便にともなって濁音化したものです。打ち消して接続する「で」ではありません。

「つつ」は助動詞「つ」を重ねたものから生まれたと言われています。動作の反復・継続・並行などを表し、動詞・動詞型の助動詞の連用形に接続します。

反復・継続の「つつ」は、和歌などの末尾に用いられると余情・詠嘆が感じられる場合があり、次の句はその例と考えられます。

行く秋の身ほとりに火をそだてつつ　　高浦銘子

「つつ」と混同されがちなものに「〜つ〜つ」のかたちをとる「つ」があります。これは助動詞「つ」の中世以降の用法で、「〜たり〜たり」という並列を表すものです。（助動詞「ぬ」にも同様の並列用法があります。）

銃身をためつすがめつ検明り　　　　　遠藤若狭男

「ながら」は動作・状態の並行、逆接の確定条件などを表します。体言、動詞・動詞型の助動詞の連用形、形容詞・形容動詞の語幹などに接続します。

接続助詞の代表的なものとしては他に、**「ものの」「ものを」「ものから」「ものゆゑ」**などがあります。

「ものの」「ものを」「ものから」は逆接の確定条件を、「ものゆゑ（に）」は逆接の確定条件・順接の確定条件を表します。形式名詞「もの」をもととして生まれたといわれており、活用語の連体形に付きます。和歌の用例を引いておきましょう。

君来むといひし夜ごとに過ぎぬれば頼まぬものの恋ひつつぞ経る　　（『伊勢物語』）

口語訳　あなたが来ようと言った夜がどれも空しく過ぎてしまったので、もうあてにはしないものの、それでも恋しく思いながら暮らしていることだ

春の野に若菜摘まむと来しものをちりかふ花に道はまどひぬ　　（紀貫之『古今和歌集』）

口語訳　春の野で若菜を摘もうと来たことであるが、今は散り乱れる花に心乱れて惑ってしまった

いつはりと思ふものから今更に誰がまことをか我は頼まむ　（よみ人しらず『古今和歌集』）

口語訳　偽りの言葉とは思うものの、今更誰の誠を私は頼みとしたらよいのだろうか

誰が秋にあらぬものゆゑをみなへしなぞ色にいでてまだきうつろふ　（紀貫之『古今和歌集』）

口語訳　誰の秋というものではないのにおみなえしよ、どうして色に出て早々と変わっていくのか

III　係助詞

係助詞は上の語を提示し、文の結び方に影響を与えるなどの働きをします。

1　「は」「も」

A　鵯は花食ひをり我は煎餅を　　森　澄雄　（提示）
B　夜の新樹嬰児もわれも乳匂ふ　　石田いづみ　（並列）
C　口もとのほくろも動き林檎食ぶ　　西宮　舞　（添加）

「は」は取り立てて提示する働きをします。体言、活用語の連用形と連体形、副詞、助詞などに付きます。

「も」は並列・添加・感動を込めた強意などを表す働きをします。体言、活用語の連用形と連体形、副詞、助詞などに付きます。

感動を込めた強意の用例を引いておきましょう。

限りなく遠くも来にけるかな。（『伊勢物語』）

口語訳　限りなく遠くへ来てしまったものだなあ。

2　「ぞ」「なむ」「や」「か」「こそ」

A　鈴虫の鳴き明かしたる声ぞよき　　片山由美子　**（強調）**
B　更衣母なん藤原氏也けり　　蕪村　**（強調）**
C　春やこし年や行《ゆき》けん小晦日《こつごもり》　　芭蕉　**（疑問）**
D　鈴に入る玉こそよけれ春のくれ　　三橋敏雄　**（強調）**
E　月の出を騒然とこそ言ふべけれ　　野中亮介　**（強調）**
F　春暁や人こそ知らね木々の雨　　日野草城　**（強調）**

「ぞ」「なむ」「こそ」は強調の働きをします。「や」「か」は疑問・反語の働きをします。体言、活用語の連用形と連体形、副詞、助詞などに付きます。

Fの中七の「ね」は打消の助動詞「ず」の已然形。中七を口語訳すれば、「人は知らないけれども」となります。「こそ」を受ける結びの部分（この場合は「ね」）で文が終わらずに下に続くときは、逆接の意味が生まれるのです。

係助詞が文中に用いられると、受ける語を特定の活用形で結ぶきまりがあります。それを**係り結**

びといいます。
係り結びを簡単な表にしてみましょう。

語	結びの活用形	意味
ぞ・なむ	連体形	強調
や・か	連体形	疑問・反語
こそ	已然形	強調

それでは問題です。

問十六　前ページの表の俳句の中から、傍線部の係助詞の結びとなっている語を、それぞれ抜き出しましょう。

答十六　A「よき」　B結んでいない　C「し」「けん」　D「よけれ」　E「べけれ」　F「ね」
ACは連体形、DEFは已然形で結んでいます。Bは「ける」と連体形で結ぶべきところを結んでいない例です。

「ぞ」「や」「か」は、文末に使われる場合も多くあります。（この種の「ぞ」「や」「か」を係助詞ではなく、終助詞とする説もあります。）

蛤のふたみにわかれ行秋ぞ　　芭　蕉
蟬生るその身のどこも疼かずや　　島谷　征良
傘焼に降るか降らぬか曾我の雨　　島谷　征良

〈文末の「や」と「か」の付き方〉

右の征良の句の「や」と「か」の接続の仕方について、すぐ上の波線部の活用形を比較してみてください。文末に使われる場合、「や」は活用語の終止形に、「か」は活用語の連体形（体言にも）に付きます。（「や」が已然形に付く特別な用法については、二〇八ページ参照）

それでは問題です。

問十七　次の（　）の中に「や」「か」のいずれかを補いましょう。（　）の上の太字の語の活用形を参考にしてください。

①　名にし負はばいざこと問はむ都鳥わが思ふ人は**あり**（　）**なし**（　）と
（『伊勢物語』）

② うつせみの世にも似**たる**（　）花桜咲くと見しまにかつ散りにけり　（『古今和歌集』）
③ 忘れては夢かとぞ思ふ思ひ**き**（　）雪ふみわけて君を見むとは　（『伊勢物語』）
④ 秋風のふきあげに立てる白菊は花かあら**ぬ**（　）波の**寄する**（　）（『古今和歌集』）

答十七　①や・や　②か　③や　④か・か

①③の「あり」「なし」「き」は終止形ですので「や」が付きます。②④の「たる」「ぬ」「寄する」はそれぞれ「たり」「ず」「寄す」の連体形ですので、「か」が付きます。

右のように文末の「や」と「か」の付き方には使い分けがあるのですが、中世以降は「や」にも連体形に付く例が増えました。

「や」と「か」の使い分けとしてもう一点、疑問の語の下の使い分けについてお話ししておきましょう。

いづれの山か天に近き。（『竹取物語』）

口語訳　どの山が天に近いか。

この例のごとく、疑問の語の下には「か」を使うのが本来の用法です。しかし、中世になると、「や」も使われるようになっていきました。

最後に、已然形に「や」が接続する場合についてお話ししておきましょう。

汗入レて妻わすれめや藤の茶屋　　蕪村

右の「め」は助動詞「む」の已然形です。已然形に接続すると、強い反語の意（〜ダロウカ、イヤ〜デハナイ）を表します。旅の途中汗を拭《ぬぐ》ってほっと一息入れたが、その間も家に残してきた妻のことは忘れるだろうか、決して忘れない、という意です。

Ⅳ　副助詞

副助詞は、上の語に意味を加え、下の用言を修飾する働きをします。

1　「だに」「すら」「さへ」

A　一花だに散らざる今の時止まれ　林　翔　（類推）
B　偽善すらなし得ざりしよ年逝かす　金久美智子　（類推）
C　春燈下なつかし母の死臭さへ　山田みづえ　（添加）

「だに」「すら」「さへ」は体言、活用語の連体形、副詞、助詞などに付きます。「だに」は、軽いものをあげて他の重いものを思わせる類推の意を表したり、希望の最小限を表したりします。Aは類推の例。「一花さえ」の意です。希望の最小限を表す例は次のとおりです。「せめて〜だけでも」と口語訳します。

いかならむ名に負ふ神に手向けせば我が思ふ妹を夢にだに見む　（『万葉集』）

口語訳　どのような名高い神に供え物をしたなら、私が思うあの娘をせめて夢にだけでも

見られるだろうか

「すら」は、極端なものや軽いものをあげて、一般的なものや重いものを思わせる類推の意を表します。Bは偽善さえなし得ず、ましてや善は……という意です。

「さへ」は、添加の意を表し、「までも」と口語訳します。Cは春のともしびの下、すべてのものが懐かしい、死臭までもが懐かしく思われる、という意で、母への深い思いがうかがわれます。

〈「だに」「すら」「さへ」の使い分け〉

前ページの用例でもお分かりのように、「だに」「すら」は「さえ」と、「さへ」は「まで」と口語訳するのが一般的です。このようなことになったのは、**中世以降、「さへ」が「だに」「すら」の意をも表すようになり、「さへ」が持っていた添加の意は「まで」で表すのが普通となった**ためです。

2 「し」「しも」

> 初櫻折しもけふは能《よき》日《ひ》なり　芭蕉

「し」「しも」は体言、活用語の連用形と連体形、副詞、助詞などに付き、強調の意を表します。

右の句は強調の例です。「しも」が打消の語をともなうと次の例のように部分否定を表す場合があります。

京に思ふ人なきにしもあらず。（『伊勢物語』）

口語訳　京に恋しく思う人がないわけではない。

3　「のみ」「ばかり」「まで」「など」「なんど」

A　冬菊のまとふはおのがひかりのみ　水原秋櫻子　**（限定）**
B　外にも出よ触るるばかりに春の月　中村　汀女　**（程度）**
C　考へても疲るゝばかり曼珠沙華　星野　立子　**（限定）**
D　せつせつと眼まで濡らして髪洗ふ　野澤　節子　**（範囲）**
E　さみだれや船がおくるる電話など　中村　汀女　**（婉曲）**
F　二人して綱引なんど試みよ　高浜　虚子　**（例示）**

「のみ」は限定や強意を表します。体言、活用語の連用形と連体形、副詞、助詞などに付きます。
「ばかり」は程度・範囲、限定の意を表します。体言、活用語の終止形と連体形、副詞、助詞などに付きます。程度を表す場合は終止形に、限定を表す場合は連体形に付く傾向があります。

「まで」は動作の及ぶ範囲・限度を表します。体言、活用語の連体形、副詞、助詞などに付きます。「など」「なんど」は例示・婉曲を表します。体言、活用語の連用形と連体形、副詞、助詞などに付きます。Ｆは「新婚を祝す。」と前書きのある句です。

Ⅴ　終助詞

終助詞は、文末に付き、意味を加える働きをします。

1 「な」「そ」

A　わするなよほどは雲助ほとゝぎす　　蕪村
B　数ならぬ身となおもひそ玉祭り　　芭蕉

「な」は禁止の意を表します。Aの例のように、「な」は動詞・動詞型の助動詞の終止形（ラ変型には連体形）に接続するのですが、中世以降、連体形に接続する例も現れるようになりました。

「そ」は副詞「な」に呼応した「な〜そ」のかたちで禁止の意を表します。動詞・動詞型の助動詞の連用形（カ変・サ変には未然形）に付きます。

Aは『伊勢物語』十一段の歌をふまえた句。

Bについては、第四章のⅡ「副詞」の項でお話ししました。（一一五ページ参照）

2 「ばや」「な」「なむ」「もがも」「もがな」

A この国を捨てばやとおもふ更衣　安東次男
B 隙間風おどろき合ひて住みつかな　岸田稚魚
C ひとり行徳利もがもな冬籠　蕪村
D 子《ね》の日しに都へ行《ゆか》ん友もがな　芭蕉

「ばや」は自己の行動や状態の実現を願望する意を表します。動詞・動詞型の助動詞の未然形に付きます。「な」は自己についての願望と周囲への勧誘・願望を表し、活用語の未然形に付きます。「なむ」は他者へあつらえ望む意を表し、動詞・動詞型の助動詞の未然形に付きます。「もがも」「もがな」も他者に対する願望を表し、体言、形容詞の連用形、副詞、助詞、助動詞などに付きます。

「な」「もがも」は上代に多く使われた語です。

Cは、台所へものを取りに行くのもおっくうで、徳利がひとりでに動いてくれないかと願う冬籠《ふゆごも》りらしい句です。

〈「なむ」に注意〉

右の用例にはあげませんでしたが、終助詞「なむ」は、接続に関する誤りが起こりがちな語です。

終助詞の「なむ」は未然形に接続するのですが、この終助詞「なむ」とみかけがそっくりで連用形に接続する「なむ」があるからです。

a　梅咲かなむ。　「梅が咲いてほしい。」
b　梅咲きなむ。　「梅が（きっと）咲くだろう。」

aの「なむ」は未然形接続ですので、終助詞の「なむ」。梅に対して咲くことを望む意を示しています。一方、bの「なむ」は、連用形接続ですので、終助詞の「なむ」ではありません。完了の助動詞「ぬ」の未然形＋推量の助動詞「む」の終止形で、「きっと〜だろう」という確実な推量を表します。

未然形に付く「なむ」と連用形に付く「なむ」は、品詞も意味も異なるものなのです。

それでは問題です。

問十八　次の①〜⑥の波線部の「なむ」は、a　終助詞の「なむ」、b　完了の助動詞「ぬ」未然形＋推量の助動詞「む」の「なむ」、のどちらでしょうか。記号で答え、波線部を口語になおしましょう。

①　今年より春知りそむる桜花散るといふことはならはざらなむ　　紀　貫之

② 惜しと思ふ心は糸によられなむ散る花ごとに貫きてとどめむ　素性
③ 五月来ば鳴きも古りなむ時鳥まだしきほどの声を聞かばや　伊勢
④ けさ来鳴きいまだ旅なる時鳥花たちばなに宿は借らなむ　よみ人しらず
⑤ 女郎花多かる野辺にやどりせばあやなくあだの名をや立ちなむ　小野美材《よしき》
⑥ 今よりはつぎて降らなむわが宿の薄おしなみ降れる白雪　よみ人しらず

答十八　①a「習わないでほしい」　②a「縒《よ》られてほしい」　③b「古ぼけてしまうだろう」　④a「借りてほしい」　⑤b「立つことであろう」　⑥a「降ってほしい」

①④⑤⑥は「なむ」の上の語の活用形がはっきり判別できますので答が導きやすいでしょう。①の「ざら」は「ず」の未然形。④の「借ら」は「借る」の未然形。⑤の「立ち」は「立つ」の連用形。⑥の「降ら」は「降る」の未然形。ここから、①④⑥の「なむ」はa、⑤の「なむ」はbだと判断できます。

しかし、②③については、注意が必要です。「なむ」の上に付いている「れ」「古り」がそれぞれ、下二段型の活用をする受身の助動詞「る」、上二段活用の動詞「ふる」であるためです。

二段活用では未然形と連用形は同じかたちですので、②③に関しては歌意から答を導かなくてはなりません。②の歌意は〈花が散るのが惜しいと思う心が糸に縒られてほしい。そうしたら、散る花の一つ一つを貫いてとどめたいものだ〉ですので、「なむ」は他者へあつらえ望む意を表す働きです。③の歌意は〈五月が来たらおまえのその鳴き声も古ぼけてしまうだろう。時節が到来しない前の珍しい声を聞きたいものだ〉ですので、「なむ」は確実な推量の働きです。ここから、「れ」は未然形、「古り」は連用形と判断することもできるというわけです。

問十八の歌はすべて『古今和歌集』の歌。①②は春、③④は夏、⑤は秋、⑥は冬から引いたもので、季節に寄せる歌人の思いが伝わってくる歌です。

第一章のⅢ「品詞」の項に誤りの例として掲げた次の句、

×この道を吾は行かなむ草の花

は、自分の行為に対する意志を表現するにあたって終助詞の「なむ」を使った点が誤りなのです。意志の助動詞を使って「行かむ」とするか、あるいは、「行きなむ」とすべきところです。

3　**「か」「かな」「かも」「も」**

A　降り積むものか雪に似て哀しみは　　橋本　榮治《えいじ》

B　むめがゝにのつと日の出る山路かな　　芭　蕉

C　耳袋取りて物音近きかも　　高浜　虚子
D　ひきがへる打擲のごと月射すも　　中田　剛

「か」「かな」「かも」「も」は感動・詠嘆の意を表します。「か」「かな」は体言、活用語の連体形に付きます。「かも」は体言、活用語の連体形に付きます。また、形容詞終止形などに付く例も見られます。「も」は活用語の終止形、助詞などに付きます。

「かも」「も」は上代に多く使われた語です。

このうち、俳句で圧倒的に多く使われるのが「かな」であることは言うまでもありません。

木本《きのもと》に汁も膾も櫻かな　　芭蕉
絶頂の城たのもしき若葉哉　　蕪村
紫陽花に秋冷いたる信濃かな　　杉田　久女
東大寺湯屋の空ゆく落花かな　　宇佐美魚目

「かな」の他には「も」も比較的多く使われます。

ひきがへる打擲のごと月射すも　　中田　剛
なづな粥泪ぐましも昭和の世　　沢木　欣一

「か」「かも」の和歌における用例を補っておきましょう。

浅緑糸よりかけて白露を玉にも貫ける春の柳か　（遍昭『古今和歌集』）

口語訳　うす緑色の細枝をまるで糸を縒るように懸け垂らして白露を数珠つなぎに貫いている春の柳であるよ

秋さらば見つつ偲へと妹が植ゑし宿のなでしこ咲きにけるかも　（大伴家持『万葉集』）

口語訳　秋になったら見ては偲《しの》んでくださいと言って妻が植えたこの庭のなでしこの花が咲いたことだよ

4　「かし」「な」

A　草餅に我苔衣うつれかし　蕪村
B　むざんやな甲の下のきりぎりす　芭蕉

「かし」は念を押す意を表します。「な」は感動・詠嘆の意、念を押す意を表します。ともに活用語の終止形と命令形、助詞などに付きます。

VI　間投助詞

間投助詞は文中や文末に付いて意味を加えたり調子を整えたりする働きをします。

1　「や」「よ」

A　清瀧や波に散《ちり》込《こむ》青松葉　　芭蕉
B　夢の世に葱を作りて寂しさよ　　永田耕衣

「や」「よ」は感動・呼びかけを表します。種々の語に付きます。（文末に付く「や」「よ」を終助詞とする説もあります。）

「や」は俳句の重要な切字の一つでもあります。上五・中七に付く場合が多いのですが、その他の場合もあります。それぞれ例を掲げておきましょう。

上五に付くかたち

文月や六日も常の夜には似ず　　芭蕉
すゞしさや鐘を離るゝ鐘の声　　蕪村

中七に付くかたち

秋ちかき心のよるや四畳半　芭蕉
秋涼し手毎にむけや瓜茄子　芭蕉
金剛の露ひとつぶや石の上　川端茅舎

句の終わりに付くかたち

夏の月ごゆより出て赤坂や　芭蕉
咳の子のなぞなぞあそびきりもなや　中村汀女
品書きの鱈といふ字のうつくしや　片山由美子

その他に付くかたち

万緑の中や吾子の歯生え初むる　中村草田男
炎天の遠き帆やわがこころの帆　山口誓子
八月の空やしづかに人並び　柿本多映《たえ》

「よ」も「や」と同じく、上五・中七・句の終わり・その他に付きます。

月の出よ枯菊のこの賑はひは　岸本尚毅
己が影を踏みもどる児よ夕蜻蛉　富田木歩《もっぽ》
泉への道後れゆく安けさよ　石田波郷

《整理問題Ⅲ・基礎編》

問一　次の俳句から助詞・助動詞をすべて抜き出しましょう。

① ひきがへる打擲のごと月射すも　中田剛
② 水に影生み水鳥となりにけり　前田攝子《せっこ》
③ 豆殻の束にとまりぬ寒鴉　中岡毅雄《たけお》
④ 春なれや歌舞伎これより死出の旅　岸本尚毅
⑤ 投げ入れの花白ければ秋の蟬　瀧澤和治
⑥ 凍る木も歯を嚙み蹄踏む眠り　竹中宏
⑦ 蔓照りつつ向きを変へにけり　大木あまり

問二　次の俳句の（　）の語を、太字の助動詞・助詞を参考にして、適切なかたちに活用させましょう。

① いくさなき国など（あり）**じ**鳥帰る　安東次男

② 蓑虫の鳥（啄ばむ）**ぬ**いのちかな　芝　不器男
③ おほどかに日を（遮る）**ぬ**春の雲　高浜　虚子
④ 金泥を引きて（ゑがく）**る**青蕨　後藤　夜半
⑤ 山国の蝶を荒しと思は（ず）**や**　高浜　虚子
⑥ 香水の（あり）**か**（無し）**か**の身だしなみ　高浜　虚子
⑦ ほたる火の冷たさを**こそ**火と言は（む）　能村登四郎
⑧ 歩行（なり）**ば**杖つき坂を落馬哉　芭　蕉
⑨ （忘る）**るゝ**気安さ一月の誕生日　飯島　晴子
⑩ （近し）**ど**旅三時間春の潮　中村　汀女

問三　次の①〜⑤の俳句の「し」の中から助動詞と助詞にあたるものを番号で答えましょう。

① 松蟬やひとりしあれば松匂ひ　中村　汀女
② 子の手首ほそし春夜の地震《なゐ》に覚め　藤田　直子
③ 朝寝して猫と心中するここち　金子　敦
④ 草の実や父に習ひし唄ひとつ　山尾　玉藻
⑤ 冬構しかと残して父死せり　岡井　省二

《整理問題Ⅲ・応用編》

問一　次の（　）の中に適切な助詞を補いましょう。

①　炎天（　）僧ひとり乗り岐阜羽島　　森　澄雄

②　母の咳道にて（　）聞え悲します　　大野　林火

③　父がつけしわが名立子や月（　）仰ぐ　　星野　立子

④　夏帽けふ（　）三鬼の声が松に見ゆ　　秋元不死男

⑤　春ひとり槍投げ（　）槍に歩み寄る　　能村登四郎

《基礎編の解答》

答一　①の・ごと・も　②に・と・に・けり　③の・に・ぬ　④なれ・や・より・の　⑤の・ば・の　⑥も・を　⑦つつ・を・に・けり

答二　①あら　②啄ばま　③遮り　④ゑがけ　⑤ず　⑥ある・無き　⑦め　⑧なら　⑨忘ら　⑩近けれ

答三　①・④　①は助詞　④は助動詞

《応用編の解答と解説》

答一　①より　②も　③を　④から　⑤て

①〜⑤はいずれも字余りの句です。無理に五七五に納めようとすれば納める方法のある句も見られますが、右のような例からは、作家が助詞一つにまでいかに細心の注意を払って作句しているかがよく伝わってきます。

付　録

五十音表
動詞活用表
形容詞活用表
形容動詞活用表
助動詞活用表
助詞一覧表
現代仮名遣い付表

五十音表

あ	か	さ	た	な	は	ま	や	ら	わ
い	き	し	ち	に	ひ	み	**い**	り	**ゐ**
う	く	す	つ	ぬ	ふ	む	ゆ	る	う
え	け	せ	て	ね	へ	め	**え**	れ	**ゑ**
お	こ	そ	と	の	ほ	も	よ	ろ	を

ア	カ	サ	タ	ナ	ハ	マ	ヤ	ラ	ワ
イ	キ	シ	チ	ニ	ヒ	ミ	**イ**	リ	**ヰ**
ウ	ク	ス	ツ	ヌ	フ	ム	ユ	ル	ウ
エ	ケ	セ	テ	ネ	ヘ	メ	**エ**	レ	**ヱ**
オ	コ	ソ	ト	ノ	ホ	モ	ヨ	ロ	ヲ

＊ヤ行の「い」「え」とワ行「ゐ」「ゑ」に注意

動詞活用表

＊　語例に掲げた語は、作句に使いやすそうな語を選んで掲載しました。四段活用・上二段活用・下二段活用については、所属する語の数が多いため、現代の日常語としては使うことが少ないと思われるものを掲載しました。次の形容詞・形容動詞活用表の語例についても同様です。

種類	基本形	語幹	未然形	連用形	終止形	連体形	已然形	命令形
四段活用	書く	か	か a	き i	く u	く u	け e	け e

〈語例〉 明かす　*赤む　秋さる　秋づく　侮《あなづ》る　あはれぶ　天翔る　天霧《あまぎ》る　有り合ふ　青む　*生く　致す　出だす　蹲る　愛《うつく》しむ　*埋《うづ》む　映《うつ》ろふ　選《え》る　訪《おとな》ふ　驚かす　おはします　重《おも》る　被《かうぶ》る　耀《かがよ》ふ　掻き暗《くら》す　翔《かけ》る　影ろふ　かこつ　片笑《かたゑ》む　愛《かな》しむ　かひろぐ　来《きた》る　競《きほ》ふ　霧《き》らす　霧《き》る　腐《くた》す　離《さか》る　ささめく　さざらぐ　鎖《さ》す　しだく　しづく　設《しつら》ふ　咳《しはぶ》く　白《しら》む　賺《すか》す　過ぐす　集《すだ》く　塞《せ》く　そよめく　激《たぎ》つ　佇《たたず》む　立ち渡る　たもとほる　散らす　散り交《か》ふ　散りぼふ　角ぐむ　蕾《つぼ》む　との曇る　とぶらふ　為《な》す　なづさふ　泥《なづ》む　貫《ぬ》く　霹靂《はたた》く　羽振《はぶ》く　葬《はふ》る　春さる　広ごる　相応《ふさ》ふ　燻《ふす》ぼる　塞《ふた》がる　*塞《ふた》ぐ　含《ふふ》む　降り暮らす　祝《ほ》く　瞬《まじろ》く　惑はす　転《まろ》ば

	す 転《まろ》ぶ 身《み》罷《まか》る 水《み》脈《を》引《び》く 掬《むす》ぶ 群れ立つ 回《めぐ》らす 黙《もだ》す 紅《も》葉《み》つ 夕さる 夕立つ よろぼふ 彫《ゑ》る 小《を》止《や》む ＊の付いた語には下二段活用のものもある							
上一段活用	見る	（み）	み i	み i	みる iru	みる iru	みれ ire	みよ iyo
	〈**語例**〉射《い》る 顧《かへり》みる 着る 試みる 煮る 似る 率ゐる 干《ひ》る 見る 用ゐる 居《ゐ》る 率《ゐ》る							
上二段活用	落つ	落	ち i	ち i	つ u	つる uru	つれ ure	ちよ iyo
	〈**語例**〉怖《お》づ 神さぶ 乾《から》ぶ 恋ふ 寂《さ》ぶ 旧《ふ》る 綻ぶ 睦《むつ》ぶ 紅《も》葉《み》づ 侘ぶ							
下一段活用	蹴る	（け）	け e	け e	ける eru	ける eru	けれ ere	けよ eyo
下二段活用	越ゆ	越	え e	え e	ゆ u	ゆる uru	ゆれ ure	えよ eyo
	〈**語例**〉明け離る 敢《あ》ふ 寝《い》ぬ 末《うら》枯《が》る 仰《おほ》す 溺《おぼほ》る 覚ゆ 思《おも》ほゆ 掻き							

	暗《く》る　駆く　離《か》る　崩《く》ゆ　さみだる　時《し》雨《ぐ》る　下《した》萌《も》ゆ　散り萎《しを》る　尋《と》む　深む　燻《ふす》ぶ　仄《ほの》見ゆ　水《み》隠《がく》る　結《むす》ぼる　斑《むら》消《ぎ》ゆ　愛《め》づ　夕づく							
カ行変格活用	来《く》	（く）	こ	き	く	くる	くれ	こ（こよ）
サ行変格活用	す	（す）	せ	し	す	する	すれ	せよ
ナ行変格活用	死ぬ	死	な	に	ぬ	ぬる	ぬれ	ね
ラ行変格活用	有り	有	ら	り	り	る	れ	れ

形容詞活用表

種類	基本形	語幹	未然形	連用形	終止形	連体形	已然形	命令形
ク活用	寒し	寒	 から	く かり	し	き かる	けれ	 かれ
	〈語例〉明かし　明《あき》らけし　鮮《あざ》らけし　あどなし　遍《あまね》し　あやなし　甚《いた》し　いはけなし　いぶせし　憂《う》し　かしこし　幽《かそ》けし　けうとし　けどほし　木《こ》暗《ぐら》し　事《こと》無《な》し　寒けし　清《さや》けし　繁し　静けし　たはやすし　懈《たゆ》し　露けし　利《と》し　敏《と》し　直《なほ》し　長閑《のどけ》し　全《また》し　むくつけし　豊けし　夜《よ》深《ぶか》し　らうたし　わりなし							

シク活用	寂し	寂	しから	しく しかり	し	しき しかる	しけれ しかれ
	〈語例〉忙《いそが》はし 厳《いつく》し いとどし いまだし いみじ 穏《おだ》し おぼおぼし 愛《かな》し きらきらし 奇《くす》し 乏《とも》し 愛《は》し ゆかし ゆゆし をかし 愛《を》し						

形容動詞活用表

種類	基本形	語幹	未然形	連用形	終止形	連体形	已然形	命令形
ナリ活用	静かなり	静か	なら	なり に	なり	なる	なれ	なれ
	〈語例〉あえか 浅らか 鮮《あざ》らか 徒《あだ》 貴《あて》 あはれ 灼《あら》た 荒らか 青《あを》やか 如《い》何《か》 徒《いたづ》ら うちつけ おほき おほどか 朧 かりそめ 際《きは》やか きよげ きららか 希有 けざやか さやか すずろ たまさか 具《つぶ》さ つれづれ とこしなへ のびらか はだら はだれ 僅《はつ》か ひたぶる 多《ふさ》やか 細《ほそ》やか まさやか まどか 間遠《まどほ》 むげ 安げ ゆくりか ゆほびか 緩《ゆる》らか							
タリ活用	堂々たり	堂々	たら	たり と	たり	たる	たれ	たれ

〈語例〉索々　颯々《さつさつ》　寂寞《じゃくまく》

助動詞活用表

＊接続の仕方の詳細については省略しました。当該の本文をご覧ください。

未然形に接続する助動詞

接続	主な意味	語	未然形	連用形	終止形	連体形	已然形	命令形	活用の型
四段・ナ変・ラ変	受身・尊敬・自発・可能	る	れ	れ	る	るる	るれ	れよ	下二段型
右以外		らる	られ	られ	らる	らるる	らるれ	られよ	
四段・ナ変・ラ変	使役・尊敬	す	せ	せ	す	する	すれ	せよ	下二段型
右以外		さす	させ	させ	さす	さする	さすれ	させよ	
		しむ	しめ	しめ	しむ	しむる	しむれ	しめよ	
	打消	ず	な ず ざら	（に） ず ざり	ず	ぬ ざる	ね ざれ	ざれ	特殊型

接続	主な意味	語	未然形	連用形	終止形	連体形	已然形	命令形	活用の型
	推量	む	ま		む	む	め		四段型
		むず			むず	むずる	むずれ		サ変型
	打消推量	じ			じ	じ	じ		特殊型
	希望	まほし	まほしから	まほしく まほしかり	まほし	まほしき まほしかる	まほしけれ		形容詞シク活用型
	反実仮想	まし	ませ ましか		まし	まし	ましか		特殊型

連用形に接続する助動詞

接続	主な意味	語	未然形	連用形	終止形	連体形	已然形	命令形	活用の型
カ変・サ変は未然形にも	過去	き	せ		き	し	しか		特殊型
		けり	けら		けり	ける	けれ		ラ変型
	完了	つ	て	て	つ	つる	つれ	てよ	下二段型
		ぬ	な	に	ぬ	ぬる	ぬれ	ね	ナ変型
		たり	たら	たり	たり	たる	たれ	たれ	ラ変型

語	主な意味	未然形	連用形	終止形	連体形	已然形	命令形	活用の型
けむ	過去推量			けむ	けむ	けめ		四段型
たし	希望	たから	たく たかり	たし	たき たかる	たけれ		形容詞 ク活用型

終止形に接続する助動詞

接続	主な意味	語	未然形	連用形	終止形	連体形	已然形	命令形	活用の型
ラ変型には 連体形	推量	らむ			らむ	らむ	らめ		四段型
		らし			らし	らし （らしき）	らし		特殊型
		めり		めり	めり	める	めれ		ラ変型
		べし	べく べけ べから	べく べかり	べし	べき べかる	べけれ		形容詞 ク活用型
	打消推量	まじ	まじく まじから	まじく まじかり	まじ	まじき まじかる	まじけれ		形容詞 シク活用型
	伝聞・推定	なり		なり	なり	なる	なれ		ラ変型

体言・連体形に接続する助動詞

接続	主な意味	語	未然形	連用形	終止形	連体形	已然形	命令形	活用の型
体言、連体形	断定	なり	なら	なり に	なり	なる	なれ	なれ	形容動詞ナリ活用型
体言	断定	たり	たら	たり と	たり	たる	たれ	たれ	形容動詞タリ活用型
連体形	比況	ごとし		ごとく	ごとし	ごとき			形容詞ク活用型
連体形	比況	ごとくなり	ごとくなら	ごとくなり ごとくに	ごとくなり	ごとくなる	ごとくなれ	ごとくなれ	形容動詞ナリ活用型

特殊な接続をする助動詞

接続	主な意味	語	未然形	連用形	終止形	連体形	已然形	命令形	活用の型
四段の命令形 サ変の未然形	完了	り	ら	り	り	る	れ	れ	ラ変型

助動詞一覧表

〈活用の型による分類〉

動詞型

四段型　む・けむ・らむ
下二段型　る・らる・す・さす・しむ・つ
ナ変型　ぬ
サ変型　むず
ラ変型　けり・たり（完了）・めり・なり（伝聞・推定）・り

形容詞型

ク活用型　たし・べし・ごとし
シク活用型　まほし・まじ

形容動詞型

ナリ活用型　なり（断定）・ごとくなり
タリ活用型　たり（断定）

特殊型

ず・じ・まし・き・らし

〈意味による分類〉

受身・尊敬・自発・可能　る・らる
使役・尊敬　す・さす・しむ
打消　ず
過去　き・けり
完了　つ・ぬ・たり・り
推量　む・むず・らむ・らし・めり・べし
過去推量　けむ
反実仮想　まし
伝聞・推定　なり
打消推量　じ・まじ
希望　まほし・たし
断定　なり・たり
比況　ごとし・ごとくなり

現代仮名遣い付表

凡例

1　現代語の音韻を目印として、この仮名遣いと歴史的仮名遣いとの主要な仮名の使い方を対照させ、例を示した。
2　音韻を表すのには、片仮名及び長音符号「ー」を用いた。
3　例は、おおむね漢字書きとし、仮名の部分は歴史的仮名遣いによった。常用漢字表に掲げられていない漢字及び音訓には、それぞれ＊印及び△印をつけ、括弧内に仮名を示した。
4　ジの音韻の項には、便宜、拗音の例を併せ挙げた。

現代語の音韻	この仮名遣いで用いる仮名	歴史的仮名遣いで用いる仮名	例
イ	い	い ゐ ひ	石 報いる 赤い 意図 愛 井戸 居る 参る 胃 権威 貝 合図 費やす 思ひ出 恋しさ
ウ	う	う ふ	歌 馬 浮かぶ 雷雨 機運 買ふ 吸ふ 争ふ 危ふい
エ	え	え ゑ へ	柄 枝 心得 見える 栄誉 声 植ゑる 絵 円 知恵 家 前 考へる 帰る 救へ
	へ	へ	西へ進む
オ	お	お を ほ ふ	奥 大人 起きる お話 雑音 男 十日 踊る 青い 悪寒 顔 氷 滞る 直す 大きい 仰ぐ 倒れる
	を	を	花を見る
カ	か	か くわ	蚊 紙 静か 家庭 休暇 火事 歓迎 結果 生活 愉快
ガ	が	が ぐわ	石垣 学問 岩石 生涯 発芽 画家 外国 丸薬 正月 念願
ジ	じ	じ	初め こじあける 字 自慢

		ズ			ワ		ユー
	ぢ	ず		づ	わ	は	ゆう
ぢ	ぢ	ず づ		づ	わ は	は	ゆう ゆふ いう いふ
術語 味　恥ぢる　地面　女性　正直	縮む　鼻血　底力　近々　入れ知恵	鈴　物好き　知らずに　人数　洪水 水　珍しい　一つづつ　図画　大豆		鼓　続く　三日月　塩漬け　常々	輪　泡　声色　弱い　和紙 川　回る　思はず　柔らか 琵*琶*（びは）	我は海の子　又は	勇気　英雄　金融 夕方 遊戯　郵便　勧誘　所有 都邑*（といふ）

	オー	コー	ゴー	
いう	おう	こう	ごう	
いふ	おう あう あふ わう はう	こう こふ かう かふ くわう	ごう ごふ がう がふ ぐわう	
言ふ	負うて　応答　欧米 桜花　奥義　中央 扇　押収　凹凸 弱う　王子　往来　卵黄 買はう　舞はう　怖うございます	功績　拘束　公平　気候　振興 劫*（こふ） 咲かう　赤う　かうして　講義　健康 甲乙　太閤*（たいかふ） 光線　広大　恐慌　破天荒	皇后 業　永劫*（えいごふ） 急がう　長う　強引　豪傑　番号 合同 轟*音（ぐわうおん）	

ソー	そう	そう	僧　総員　競走　吹奏　放送
		さう	話さう　浅う　さうして　草案　体操
		さふ	挿話
ゾー	ぞう	ぞう	増加　憎悪　贈与
		ざう	象　蔵書　製造　内臓　仏像
		ざふ	雑煮
トー	とう	とう	弟　統一　冬至　暴投　北東
		たう	峠　勝たう　痛う　刀剣　砂糖
		たふ	塔　答弁　出納
ドー	どう	どう	どうして　銅　童話　運動
		だう	空洞　堂　道路　葡*萄*（ぶだう）
		だふ	問答
ノー	のう	のう	能　農家　濃紺
		のふ	昨日
		なう	死なう　危なうございます　脳　苦悩
		なふ	納入
ホー	ほう	ほう	奉祝　俸給　豊年　霊峰
		ほふ	法会
		はう	葬る　包囲　芳香　解放
		はふ	はふり投げる　はふはふの体　法律
ボー	ぼう	ぼう	某　貿易　解剖　無謀
		ぼふ	正法
		ばう	遊ばう　飛ばう　紡績　希望　堤防
		ばふ	貧乏
ポー	ぽう	ぽう	本俸　連峰
		ぽふ	説法
		ぱう	鉄砲　奔放　立方
		ぱふ	立法
モー	もう	もう	もう一つ　啓蒙*（けいもう）
		まう	申す　休まう　甘う　猛獣　本望
ヨー	よう	よう	見よう　ようございます　用　容易　中庸
		やう	八日　早う　様子　洋々　太陽
		えう	幼年　要領　童謡　日曜

		えふ	紅葉
ロー	ろう	ろう	楼　漏電　披露
		ろふ	かげろふ　ふくろふ
		らう	祈らう　暗う　廊下　労働　明朗
		らふ	候文　蠟*燭*（らふそく）
キュー	きゅう	きゅう	弓術　宮殿　貧窮
		きう	休養　丘陵　永久　要求
		きふ	及第　急務　給与　階級
ギュー	ぎゅう	ぎう	牛乳
シュー	しゅう	しゅう	宗教　衆知　終了
		しう	よろしう　周囲　収入　晩秋
		しふ	執着　習得　襲名　全集
ジュー	じゅう	じゅう	充実　従順　臨終　猟銃
		じう	柔軟　野獣
		じふ	十月　渋滞　墨汁
		ぢゅう	住居　重役　世界中
チュー	ちゅう	ちゅう	中学　衷心　注文　昆虫
		ちう	抽出　鋳造　宇宙　白昼

ニュー	にゅう	にゅう	乳酸
		にう	柔和
		にふ	埴*生△（はにふ）　入学
ヒュー	ひゅう	ひう	日△向△（ひうが）
ビュー	びゅう	びう	誤謬*（ごびう）
リュー	りゅう	りゅう	竜　隆盛
		りう	留意　流行　川柳
		りふ	粒子　建立
キョー	きょう	きょう	共通　恐怖　興味　吉凶
		きやう	兄弟　鏡台　経文　故郷　熱狂
		けう	教育　矯正　絶叫　鉄橋
		けふ	今日　脅威　協会　海峡
ギョー	ぎょう	ぎょう	凝集
		ぎやう	仰天　修行　人形
		げう	今暁
		げふ	業務

ショー	しょう	しよう	昇格　承諾　勝利　自称　訴訟
		しやう	詳細　正直　商売　負傷　文章
		せう	見ませう　小説　消息　少年　微笑
		せふ	交渉
ジョー	じょう	じよう	冗談　乗馬　過剰
		じやう	成就　上手　状態　感情　古城
		ぜう	饒*舌（ぜうぜつ）
		ぢやう	定石　丈夫　市場　令嬢
		でう	箇条
		でふ	一帖*（いちでふ）　六畳
	ぢょう	ぢやう	盆提△灯△（ぼんぢやうちん）
		でう	一本調子
チョー	ちょう	ちよう	徴収　清澄　尊重
		ちやう	腸　町会　聴取　長短　手帳
		てう	調子　朝食　弔電　前兆　野鳥
		てふ	蝶*（てふ）

ニョー	にょう	によう	女房
		ねう	尿
ヒョー	ひょう	ひよう	氷山
		ひやう	拍子　評判　兵糧
		へう	表裏　土俵　投票
ビョー	びょう	びやう	病気　平等
		べう	秒読み　描写
ピョー	ぴょう	ぴよう	結氷　信憑*性（しんぴようせい）
		ぴやう	論評
		ぺう	一票　本表
ミョー	みょう	みやう	名代　明日　寿命
		めう	妙技
リョー	りょう	りよう	丘陵
		りやう	領土　両方　善良　納涼　分量
		れう	寮　料理　官僚　終了
		れふ	漁猟

あとがき

言葉とは不思議なもの。俳句に出会う前から私はそう思っていました。俳句と出会った今も、おりにふれ、そう思います。

私たちの体は、時という垂直軸と場という水平軸の交わった今ここの一点に置かれています。とどめられているといってもいいでしょう。動いたとしても、また別の一点、別の今ここに置かれていることに変わりはないのです。一つの体が同時に二つの時と場を占めるということはありえません。

そのような体のありようと比べると、言葉は遥《はる》かに自由です。個の命が尽きた後も、言葉は生き続けることができます。顔を見たこともない遠い人にも、言葉は伝わっていきます。言葉は、体より遥かに遠くまでいくことができるものなのです。

言葉がこのように時と場の枷《かせ》を自由に越えるのはなぜでしょうか。それは言葉が、個より遥かに以前からあって皆が共通に使うもの、ある意味では不自由きわまりないものだからです。言葉において、個人の恣意《しい》は閉ざされています。「空」を「そら」というから人と通じ合うことができるのであって、自分だけ「すら」と呼びたいと思ってもそれはできません。不自由さを通してこそ、自由に遥か遠くへといくことができる不思議さ。古典とはそのようにして今に残るものなのであり、文語とはそのようにして生き続けている言葉なのです。文語は、文語だからこそ、時の流れによって、褪色《たいしょく》することなくつやつやと在り続けるのだといえましょう。

本書は、平成十三年五月号から二年間にわたって「俳句」に連載した「文語文法入門」を基に、筆を加え、整序をしたものです。はじめて文語文法に触れる方にも使っていただけるよう、文法用語の説明や活用語の基礎である動詞の部分の説明に重点を置きました。また、用例には古今の優れた俳句を多く掲載しました。中に作者名のないものがありますが、それは山西が仮に作ったものです。

説明は、いわゆる学校文法に拠《よ》っています。更に知識を広げたい方は、文中で紹介した書物を始めとする文法書へお進みください。それらの書物の中には学校文法と用語が異なるものも多くありますが、基礎をマスターしていれば、用語の相違はさほどさまたげとはならないでしょう。

また、連載時には、明治三十八年の官報に告示された「文法上許容すべき事項」について紹介をしました。本書では、煩雑になるため割愛いたしましたが、原則は原則として押さえながらも、このような許容事項があることも頭の隅にとどめておけば、文語文法の学習は更に楽しいものとなっていくことでしょう。

本書が俳句を詠む多くの方々、そして、俳句を読む多くの方々に役立ち、愛されることを願っています。

平成十六年三月三日

山西雅子

角川選書――365

俳句《はいく》で楽《たの》しく文語《ぶんご》文法《ぶんぽう》

初版発行●平成十六年五月十日　　七版発行●平成十八年十二月十日

著者●山西雅子《やまにしまさこ》

発行者●青木誠一郎

発行所●株式会社角川学芸出版
東京都文京区本郷五-二四-五　角川本郷ビル　郵便番号一一三-〇〇三三
電話　編集〇三-三八一七-八五三五

発売元●株式会社角川書店
東京都千代田区富士見二-一三-三　郵便番号一〇二-八一七七　振替〇〇一三〇-九-一九五二〇八
電話　営業〇三-三二三八-八五二一

印刷所●横山印刷株式会社　　製本所●株式会社宮田製本所

ISBN4-04-703365-0　C0392

角川選書

この書物を愛する人たちに

詩人科学者寺田寅彦は、銀座通りに林立する高層建築をたとえて「銀座アルプス」と呼んだ。
戦後日本の経済力は、どの都市にも「銀座アルプス」を造成した。
アルプスのなかに書店を求めて、立ち寄ると、高山植物が美しく花ひらくように、
書物が飾られている。
印刷技術の発達もあって、書物は美しく化粧され、通りすがりの人々の眼をひきつけている。
しかし、流行を追っての刊行物は、どれも類型的で、個性がない。
歴史という時間の厚みのなかで、流動する時代のすがたや、不易な生命をみつめてきた先輩たちの発言がある。
また静かに明日を語ろうとする現代人の科白がある。これらも、
銀座アルプスのお花畑のなかでは、雑草のようにまぎれ、人知れず開花するしかないのだろうか。
マス・セールの呼び声で、多量に売り出される書物群のなかにあって、
選ばれた時代の英知の書は、ささやかな「座」を占めることは不可能なのだろうか。
マス・セールの時勢に逆行する少数な刊行物であっても、この書物は耳を傾ける人々には、
飽くことなく語りつづけてくれるだろう。私はそういう書物をつぎつぎと発刊したい。
真に書物を愛する読者や、書店の人々の手で、こうした書物はどのように成育し、開花することだろうか。
私のひそかな祈りである。「一粒の麦もし死なずば」という言葉のように、
こうした書物を、銀座アルプスのお花畑のなかで、一雑草であらしめたくない。

一九六八年九月一日　角川源義